AF191341

Satz, Lektorat, Gestaltung: Ralf Kasperek
**Verlag: BoD • Books on Demand GmbH, In de Tarpen 42,
22848 Norderstedt**
Druck: Libri Plureos GmbH, Friedensallee 273, 22763 Hamburg

Das Fallschirmspringen ist eine faszinierende Sportart und war für mich ein Hobby mit großem Reiz und noch größerem Vergnügen. Ein schnelles Auto zu fahren hat mich nie sonderlich interessiert. Motorrad fahren macht schon eine Menge Spass, aber das Vorhaben einmal mit dem Fallschirm abzuspringen und den freien Fall zu erleben war zunächst auch nur ein Wunsch. Neben dem Motorrad fahren und Angeln, spielte ich noch Badminton als meine Hobbies oder Freizeitbeschäftigung. Später kam auch noch Schießen mit großkalibrigen Handfeuerwaffen hinzu. Ich war damit neben der beruflichen Tätigkeit bei der Bahn für meine Hobbies eingespannt, hatte also genug zu tun, um meine freie Zeit zu gestalten und mich mit verschiedenen Dingen zu beschäftigen.

Ich hatte im Jahr 1990 mit einem Kollegen auf der Arbeit über die Möglichkeiten gesprochen, wo in der Nähe der meiner Region, dem Rheinland, das Fallschirmspringen angeboten wird. Der Kollege nannte mir den Sprungplatz im belgischen Spa, der für meinen Wunsch geeignet war. Ich erkundigte mich vor Ort am Flugplatz la Sauveniere und stellte dabei fest, dass es sich um den französischsprachigen Raum von Belgien handelte. Ich war zu dem Zeitpunkt im Schichtdienst tätig, hatte unterschiedliche Arbeitszeiten auch an Wochenenden und Feiertagen. Nur jedes dritte Wochenende hatte ich Samstag/Sonntag frei.

Bis nach Spa war es für mich von Düren aus etwa 100 km und damit eine Stunde Fahrt. So begab es sich, dass ich im Juli 1991 an einem Sonntag nach Spa fuhr und nach einer theoretischen und praktischen Schulung, am selben Tag nachmittags aus einer Cessna 206 per automatischer Schirmöffnung meinen ersten Sprung absolvierte. Der Ausbilder war ein Deutscher, eine junge Belgierin und ich an dem Tag die einzigen Anfänger dort. Die Absetzmaschine klapperte und dröhnte, es ließ nach dem Abheben nach und die Maschine schraubte sich auf etwa 1200 m über NN. Nach dem Ausstieg und der Öffnung des Fallschirms umgab mich eine Ruhe in einer schwebenden Position, die mit nichts zu vergleichen ist was ich bis dahin erlebt hatte. Einen schönen Ausblick über die Eifel/Ardennen gab es dazu und der zuvor gefühlte Respekt und auch die Angst was denn so schiefgehen könnte, waren einfach weg. Ich hing nur an ein paar Leinen und einem Stück Stoff in der Luft, erreichte den Landeplatz mit Hilfe des Ausbilders, der vom Boden aus Zeichen gab wohin ich den Schirm zu steuern hatte. Kurz vor Grund volle Fahrt gegen den Wind, dann an den Bremsleinen ziehen wie es der Ausbilder zeigte, Füße am Boden, rumms auf den Hintern, unten war ich unbeschadet angekommen, ein tolles Erlebnis.

Bei meinem ersten Sprung war ich mit schwarzem T-Shirt, blauem Jogginganzug und grauen Bundeswehr-Socken bekleidet, es war alles gut gegangen damit stand für mich fest, so sollte es weiter gehen. So kam es, dass ich immer mit gleichfarbiger Bekleidung gesprungen bin, also ein kleines Ritual oder auch eine Angewohnheit von mir. Die ersten Sprünge mit automatischer Öffnung kosteten 350 bis 150 DM, ab dem fünften Sprung dann 50 DM inklusive Schirm-Miete. Man bekam dann einen Attrappengriff zum Öffnen des Schirms ans Gurtzeug, und musste korrekt aus dem Flieger aussteigen, dabei stabil in großer X-Lage sein, also Arme und Beine ausgestreckt halten und den Auslösegriff betätigen. Bis man das gut zeigte, was der jeweilige Absetzer aus dem Flugzeug beobachtete, vergingen einige Sprünge. Schräg aussteigen, verdreht und andere Haltungen des Körpers sind normal, bis es irgendwann klappt. Landungen mit mehr oder weniger Tempo schräg zum Wind, hinfallen und auch Landungen außerhalb des Flugplatzgeländes kommen vor. Prellungen, blaue Flecken und Abschürfungen sind auch nichts Besonderes, so meine Einstellung, gehört eben dazu.

Bei Sprüngen mit automatischer Öffnung hat man noch keinen Freifall, denn kurz nach dem Ausstieg öffnet sich der Schirm, man zählt eintausendeins, eintausendzwei, eintausenddrei bis die Hauptkappe komplett aufgegangen ist und hängt im Gurtzeug gehalten in der Luft. Die Schirmfahrt war dann später schon problemlos und man musste an einem Tag einen guten Ausstieg zeigen, um dann am selben Nachmittag den ersten Freifall aus 1500 m Höhe machen zu dürfen. Am 14. Dezember 1991 hatte ich so meinen ersten freien Fall und hatte mir wegen der Temperaturen auch einen gebrauchten Panzerkombi zugelegt, den ich zum Springen benutzte. Nach zehn Sprüngen wurde man Clubmitglied und bekam einen Höhenmesser geschenkt. Es waren nur eine handvoll Deutsche regelmäßig am Platz und es dauerte einige Zeit bis man mit den Belgiern warm wird, sicher auch eine Folge der historischen Vergangenheit und der französischen Sprache in der Wallonie. Ist man erstmal dort, trinkt ab und an ein Bierchen in dem Platzrestaurant mit, so wird man auch mit seinen persönlichen Eigenschaften akzeptiert, lernt die Leute etwas besser kennen und es war eine familiäre Atmosphäre. Natürlich gab es dort auch eine Grüppchenbildung, Personen die unterschiedlichen Alters sind und welche mit denen man sich mehr oder auch weniger gut verstehen konnte.

Der Club hatte zwei kleine Cessna 206 als Absetzmaschinen und gesprungen wurde nur am Wochenende. Trotzdem war ich, einmal infiziert vom freien Fall, entschlossen weiter zu machen, auch wenn es sich über das Jahr 1992 weiter ziehen sollte bis zum Erhalt der Freifall-Lizenz. Ich erwarb für wenig Geld einen alten Wohnwagen am Platz, Strom und Miete waren für 400 DM pro Jahr günstig. Zum Aufenthalt am Platz war es schön sich in seinem eigenen Bereich aufzuhalten, zu grillen, Urlaub zu machen. So wurde Spa zu meiner springerischen Heimat und der Platz ist von der Infrastruktur mit Packhalle in den Ardennnen gelegen, gut ausgestattet, einer der schönsten Sprungplätze in Europa, für mich quasi vor der Haustüre.

Im Jahr 1993 kam eine Pilatus Porter an den Platz, geeignet für 10 Springer und betrieben von Dave K., einem Belgier der auch deutsch sprach und einem weiteren Deutschen, Paul S.. Beide hatten die Maschine günstig bekommen, weil der ursprüngliche Käufer die Maschine nicht abgenommen hatte. Es gab auch nun die Möglichkeit für Sportanfänger nach der AFF-Methode (beschleunigte Freifall-Ausbildung) innerhalb von zwei Wochen Fallschirmspringen zu erlernen, mit den Lehrern im Freifall vom ersten Sprung an. Ich hatte bereits meine Freifallsprünge und war auf dem Weg meine Lizenz dafür zu erhalten. Der belgische Club regelte mit den Betrieb, es gab nun die Möglichkeit von Frühling bis Herbst jeden Tag dort zu springen, was mir gut passte, weil ich durch die Arbeit am Wochenende schonmal zwei Tage am Stück in der Woche frei hatte. Damit war ich etwa zwei bis dreimal im Monat auf meinem Sprungplatz. Ich besorgte mir im Winter günstig meine eigene Ausrüstung, die etwa 6500 DM kostete und erhielt mit Unterstüzung von Dave K. meine Freifall-Lizenz.

Die kleineren Club-Cessnas wurden weniger eingesetzt und es kamen auch mehr Springer aus Deutschland auf den Platz, da die größere Absetzmaschine wohl attraktiver war als andere in Deutschland, wo die Vereine auch meistens nur kleinere Maschinen zur Verfügung hatten. Die Faszination des Springens war für mich ein Ausstieg aus dem Flugzeug bei ca. 140 km/h, keine Geschwindigkeitsregeln im freien Fall, keine Verkehrsschilder wie im Straßenverkehr, einfach raus und fallen lassen. Arme rein, Beine raus, mal sehen wie man dadurch die Haltung ändert und wie ein Kugelblitz frei durch die Gegend rauscht und nichts einen daran hindert durch die Luft zu fliegen wie man will. Wenn man mit anderen Springern eine Formationssprung machen möchte, also gleichzeitig aussteigt und zusammen findet im freien Fall, muss man natürlich darauf achten andere nicht zu gefährden. Es macht Spaß wenn die zuvor am Boden besprochene Formation auch klappt, manchmal durch den ein oder anderen Springer zerbröselt wird, einfach ein tolles Hobby.

Kassel und Höxter waren zu der Zeit die beiden Sprungplätze in Deutschland wo größere Maschinen vorhanden waren mit einer Kapazität von 14 - 22 Springern pro Absetzflugzeug. Auf Nachfrage wo es denn besser sei antworteten die Springer „In Kassel, weil da ist immmer Betrieb", andere wieder „In Höxter, da sind die Leute besser als in Kassel". Es bestand also eine Konkurenz zwischen den beiden Pätzen und die Springer bervorzugten jeweils Kassel oder Höxter „Wegen der Leute". Die Sprung-Saison dauert von April bis Oktober und die Sprungplätze stehen im Wettbewerb um die Gäste für Tandem-Sprünge, womit das Geld verdient wird. Leute die das Fallschimspringen lernen bringen auch Geld, während der Ausbildung und für den Verkauf von Ausrüstung an die dann fertigen, lizensierten Springer, die im Sport bleiben und später zum Sprungbetrieb auf die Plätze anreisen.

Auffällig war was ich bei meinen Besuchen auf verschiedenen deutschen Sprungplätzen später so gemerkt habe. Die Infrastruktur war mit Spa nicht zu vergleichen, kleine Packhallen, wenn überhaupt vorhanden oder einen Teil des Flugzeughangars als Packbereich für die Fallschirme. Vereinzelt wenig oder keine Duschen oder WC, aber die Betreiber behaupten „Wir führen hier tausende von Sprüngen pro Jahr durch". Schlechte Bemerkungen gab es über die anderen Plätze, was dort geboten oder eben auch nicht geboten wird. Zum Teil war es schon ein sehr arrogantes und eingebildetes

Völkchen auf den Sprungplätzen in Deutschland, was lediglich das Fallschirmmspringen als Hobby hat. Aber die professionellen Plätze mit teils hauptamtlichen Ausbildern d. h. die davon leben, schafften es trotz jahrelangem Bestehen nicht eine einigermaßen gute Infrastruktur am Platz einzurichten. Ebenfalls merkwürdig war auch das die deutschen Springer etwas auf die Belgier herab gesehen haben. In Belgien war jedes Jahr die Überprüfung der Ausrüstung Pflicht, in Deutschland zu der Zeit alle zwei Jahre das sogenannte Gütesiegel. Springer die zum Urlaub in die USA reisten, kauften dort zum Teil ihre Schirme und ließen sie sich dann in der BRD gütesiegeln.

Es dauerte bis Ende der 1990ger Jahre bis sich die Deutschen über ihren Sportverband darauf einigen konnten, dass nur in Deutschland gekaufte Ausrüstung mit Zollabgabe und Steuern gütegesiegelt wurde. Selbstverständlich sind die Schirme aus den USA oder aus dem Ausland gleich, aber das Geschäft entging den deutschen Plätzen und damit der Gewinn im Verkauf von Ausrüstung. Nur damit die Vereine und gewerblichen Betriebe in Deutschland weiter erfolgreich Ausrüstung an die Springer verkaufen konnten, muss eine Verkaufs- oder Ewerbsbescheinigung beim Gütesiegel vorgelegt werden, damit deutschen Sprungplätzen der Profit nicht entgeht. In Deutschland waren die Platzbetreiber und Springer verbissener oder ehrgeizig, gönnten sich gegenseitig nicht die Butter auf dem Brot. In Belgien war es entspannter und freundschaftlicher, obwohl Dave K., der mir einen Teil meiner Ausrüstung und die Lizenz besorgt hatte, ganz klar auch ein Geschäftsmann war.

Dave K. fuhr im Spätherbst und auch im Frühjahr in die USA um dort Ausrüstungen zu besorgen, die er dann zurück in Europa zollfrei, günstiger an Springer verkaufen konnte, was er auch bereits auf einem anderen Platz in Belgien praktiziert hatte und damit aufgefallen war. Gestört hat es mich persönlich nicht, da man beim Kauf eines Hauptschirmes 500 DM sparen konnte und so für 10 Sprünge noch das Geld ausgeben konnte. Die Preise pro Sprung in Deutschland lagen von 43 - 45 DM. In Belgien bei 40 DM und bei Ticketkauf im Frühling etwa bei 35 DM pro Sprung. Die Absetzhöhe aus der gesprungen wird liegt in der Regel bei 4000 m.

Mit seiner damaligen Freundin Antje O. fuhr Dave K. zum Tauchen nach Florida in die USA und beide hatten als Übergepäck jeweils acht Hauptschirme in einer großen Sporttasche dabei. Somit war der Flug, Unterkunft und der Tauchurlaub finanziert und es sprang noch Geld dabei heraus. Die anderen Springer erhielten so günstig neue Schirme und die Schlepper der Schirme aus dem Ausland hatten auch was davon, so konnte jeder zufrieden sein.

Antje O. machte mit der Kamera von Dave K. ihre ersten Aufnahmen als Foto/Video-Begleitung für Teams (Vierer-Mannschaften) oder auch für Tandem-Passagiere, die ihren Sprung auf Video/Foto dokumentiert haben wollten. 300 DM für einen Tandem Sprung, plus 100 DM für Video und Fotos war so der Preis, der von den Touristen (Tandem-Gästen) bezahlt werden musste. Antje O. nannten alle nur Pumuckl, obwohl ihr Freund Dave rothaarig war. Antje O. lehrnte ich so kennen und ich stand ihr als fliegendes Objekt im freien Fall zum filmen einige Male zur Verfügung. Ich erhielt Videoaufnahmen von meinen Sprüngen und Antje ein schnellfliegendes Probeobjekt, bezahlt habe ich auch später nie für ein Video oder Foto, da man sich als Springer so kennt, ich war ja kein Tourist wie die Tandems.

Antje O. war als Krankenschwester nachts in Aachen tätig und wohnte bei einer Freundin zeitweise in der Stadt und tagsüber bei Dave K. in Spa im Wohnwagen. Auf eine Bemerkung von mir „Na, wer bist du denn, bist du gut zu Vögeln?" antwortete sie „Ich bin gut zu allen Tieren". Ich verstand mich mit ihr ganz gut, weil sie Humor hatte. Zur Arbeit nach Aachen hatte ich sie von Spa aus auch mal mitgenommen, da Aachen auf meinem Weg nach Hause lag.

Etwa 1995 oder 1996 trennte sich Antje O. von ihrem Freund und war danach nur einige Male in Spa zu Besuch mit verschiedenen Männern in Begleitung. In Kontakt blieben Antje und ich nur sporadisch, sie wollte mir das Tauchen beibringen, was ich aber wegen der Schichtarbeit nicht umsetzen konnte. Den versprochenen Sand von den Malediven, wo sie zwischenzeitlich als Tauchlehrerin gearbeitet hatte, brachte sie mir bei einem ihrer Besuche in Spa mit. „Hab ich Dir doch versprochen", fand ich soweit gut, dass sie Absprachen auch einhielt. Ich verbrachte die meiste Zeit zum Springen in Spa, fuhr aber auch einige Male im Urlaub auf andere Plätze in Deutschland und ins europäische Ausland. In die Schweiz, Spanien, Frankreich, Belgien und Ungarn. 1997 ließ der Betrieb in Spa immer mehr nach, Dave K. hatte den Platz verlassen und Paul S. betrieb nun alleine den Sprungplatz. Im Jahr 1998 war es vorerst mit dem Springen in Spa vorbei, so dass ich zum Teil auf andere Plätze in Belgien ausgewichen bin. Der Preis pro Sprung lag in Belgien auch für Gastspringer bei 40 DM. Nur hatte ich dann dort nicht meinen Wohnwagen und die anderen Annehmlichkeiten wie eine große Packhalle am Platz. 1998 hatte ein mir bekannter deutsche Springer aus Spa, Dave K. und ich ein Sprungwochenende in Bitburg auf dem ehemaligen Militärflugplatzgelände organisiert. Aus dem Anlass war ich mit Werbematerial im Juli nach Höxter zu einer jährlich statt-findenden Veranstaltung im gemischten Vierer-Wettbewerb (Mini-Meet) gefahren.

Ich traf dort Antje O. und noch weitere mir bekannte Springer, von unterschiedlichen Plätzen in Deutschland. Antje O. „Na, was machts du denn hier?". Ich berichtete über die Absicht in Bitburg im August zu springen und dass ihr Exfreund das auch mitorganisierte. „Wenn du Zeit hast, komm doch vorbei". Sie erklärte, dass sie seit zwei Jahren in Münster wohnt und dort mit Pedro, ihrem Freund, eine gemeinsame Wohnung hat. Jetzt war sie als Fahrerin in Höxter und sollte einige Vereinsmitglieder, die dort an der Springerparty teil-nahmen, noch am selben Abend zurück fahren. Wir tauschten die Telefonnummern und ich blieb bis Sonntag und verteilte das Werbe-material für das Springen in Bitburg im August.

Im Dezember 1998 fragte mich ein befreundeter Springer, ob ich über die Feiertage zu Weihnachten und Sylvester mit zum Springen nach Ampuriabrava, einem Platz an der Costa Brava in Spanien, mitfahren wollte. Ich war inzwischen bei der Bahn nicht mehr im Schichtdienst tätig und hatte regelmäßig die Wochenenden frei, also den Traumjob im Büro, der es mir ermöglichte an Wochenenden springen zu gehen. Nur war mein Heimatplatz geschlossen und blieb das auch für das Jahr 1999.

Ich erinnerte mich daran, dass mir Antje O. ihre Telefonnummer ge-geben hatte, an der Pinnwand in meiner Küche fand ich auch den Zettel mit ihrer Nummer. Sie war nach der Trennung von Dave K. mit einem anderen Springer auch in Ampuria gewesen und ich woll-te mich deshalb bei ihr nach den Verhältnissen am Platz dort erkun-digen. Erreicht hatte ich sie nicht, fuhr aber dann trotzdem an den Feiertagen mit drei anderen Springern nach Ampuria. An Weihnachten um die 23 Grad und im T-Shirt draußen, einige schöne Sprünge aus verschiedenen Flugzeugtypen war schon mal was Anderes als Winter in Deutschland.

Ein anderer deutscher Springer, den ich aus Spa kannte wollte im April 1999 nach Andalusien fahren und suchte noch nach Springern, die vielleicht mitkommen wollten. Da sich abzeichnete das auf meinem Heimatplatz in Spa auch 1999 kein Betrieb stattfinden würde, nahm ich mir meine Resttage Urlaub für das Jahr im April, um mit nach Spanien zu fahren. Im Februar stand für mich nur fest, dass ich mit Mick, der einen großen Kombi fuhr nach Linares fahre. „Wir beide fahren notfalls alleine dahin, es wäre aber nicht schlecht wenn noch mehr Leute mitfahren könnten".

Ich kannte die Personen von einem Platz im Allgäu, die den Sprungbetrieb für einige Wochen dort in Andalusien durchführten, weil ich auf deren Stammplatz zweimal zum Springen gewesen war. Geboten wurde in Spanien eine Sprunghöhe von 5000 m aus einer Twin-Otter für 31 DM, also ein gutes Angebot. Übernachten konnten die Springer in Hotels oder Pensionen in der Umgebung von Mengibar/ Linares in der Provinz Jaen, Andalusien. Ich hatte eine Kalkulation gemacht und für etwa 2350,- Mark waren inklusive Übernachtung, Benzingeld und Essen so etwa 35 - 40 Srünge bei zehn Tagen Aufenthalt drin, nicht schlecht. Also brauchten wir nur noch andere Springer die mitfahren wollten und es würde so für alle preislich günstiger.

„Wir fahren auf jeden Fall", so die Auffassung von Mick und mir. Im Februar/März ruft mich Antje O. an. „Na wie gehts?", „Ich hatte dich angerufen im Dezember, weil ich in Ampuria war und ich weiß, dass du schon mal da warst". Sie berichtete mir, dass sie sich von ihrem Freund getrennt hatte und sich einsam fühlt.„Du kannst mich ja mal besuchen kommen". Wir sprachen so etwa über eine halbe Stunde und verabredeten uns für das nächste Wochenende und ich fuhr zu ihr nach Münster. Wie schon bei unserem Gespräch am Telefon erklärte mir Antje ihre Situation, dass sie nicht an das Geld für die gemeinsame Eigentumswohnung kommt, die sie mit ihrem Exfreund gekauft hatte. Sie zeigte mir ein Papier, wo der Preis für die Wohnung von 160 000,- Mark stand und der Ex die Wohnung nicht verkaufen wollte. „Der ist an Allem Schuld", beklagte sie immer wieder, was mich schon langweilte, da andere Personen „Immer alles Schuld" aus ihrer Sicht waren. Sie wohnte bei einem Tauchsportkameraden in zwei Räumen eines Hauses im Souterrain. Im ersten Stock standen auch noch ein paar Sachen in Kartons von ihr. Darunter zwei Kartons mit Verbandszeug und Medikamenten, Tabletten und verschiedene Pillen, die sie aus ihrer Tätigkeit im Krankenhaus und Arztzpraxen mitgenommen hatte. Auch ein Rennrad mit 28 Zoll großen Reifen stand dort. Auf meine Frage „Fährt dein Vermieter Rennen?" antwortete sie „Nee, das Rad ist meins, ich fahr öfter damit rum". Was nicht zu ihrem Kommentar passte, war die Tatsache das der Sattel mit Rohr über 15 cm aus dem Rahmen stand und eine Person wie Antje mit 1,63 m Größe ohne einen Hocker nicht auf dieses Fahrrad steigen könnte, geschweige denn damit „rumzufahren". Das machte mich misstrauisch, weil sie mit einer Selbstverständlichkeit lügen konnte und meinte, es fällt nicht auf. Sie hatte nach eigenen Angaben eine „Kernobstallergie", nahm unterschiedliche Tabletten, die sie als „Muntermacher" bezeichnete. Was sie mit den anderen Medikamennten machte, konnte ich mir nicht erklären. Wir gingen etwas Essen und verbrachten noch etwas Zeit in einer Studentenkneipe „Ipanema" oder so ähnlich. Ich übernachtete bei ihr, wozu sie aber ihren Vermieter um Erlaubnis bitten musste, das kam mir schon etwas seltsam vor.

Eine Woche später am Frühlingsanfang um den 20. März fuhren Antje und ich gemeinsam zu einer Saisoneröffnungsfeier nach Kassel. Ich hoffte dort eine mir bekannte Springerin zu treffen, die ich einige Jahre zuvor in Spa kennengelernt hatte. Davon hatte ich Antje nichts gesagt, was der eigentliche Grund war warum ich mit ihr nach Kassel fuhr. Meine große, hübsche Bekannte war allerdings nicht auf der Party zur Saisoneröffnung und auch das Wetter ließ keine Sprünge zu. Ich hatte Antje nach unserem Telefonat in der Woche zuvor einen Brief geschickt mit der Information zum Spanienurlaub, mit einigen Komplimenten und ich fragte „Hast du den Brief bekommen?" „Ja, war sehr schön, war fast schon ein Liebesbrief".

„Ja wenn du einen möchtest, kann ich dir auch einen schreiben". „Ja, mach doch mal". Sonntag morgen hat es auch nicht nach gutem Wetter in Kassel ausgesehen. Antje erzählte mir von einer Bekanntschaft zu einem Springer den sie auf einem Lehrgang in Kassel getroffen hatte; Hartmut K. und das auch dieses Wochenende in Schwanhoven in Rheinland-Pfalz Saisoneröffnung ist. „Wir könnten ja nach Schwanhoven fahren". Da ich auch nichts weiter vor hatte und vielleicht etwas im Süden gutes Wetter sein könnte sagte ich „Ja, können wir machen".

Nachmittags waren wir in Schwanhoven, dem Heimatplatz des Hartmut K. angekommen und Antje machte mit Hartmut zwei Sprünge mit einem Schirm den er ihr zur Verfügung stellte. Der Schirm von Antje war noch beim Zeugwart in Münster zum Reserveschirm packen. Ich bin nicht gesprungen, da ich den Platz nicht kannte und es stark bewölkt war. In Spa wäre ich zu solchen Bedingungen noch gesprungen, aber hier bei einem kleinem Platz, bei dem Wetter hatte ich keine Lust. Der zweite Sprung der Ladung Springer die abgesetzt wurde war dann auch etwas feucht. Die Hälfte der Springer landete außerhalb des Platzes unter Anderem auch Hartmut und Antje. Die Gesichter der Springer waren rot vom Durchflug durch die Wolken, es hatte wohl gehagelt und geregnet. Wir blieben noch bis abends in Schwanhoven und Hartmut K. versuchte noch Antje zum übernachten in Schwanhoven zu überreden. Sie lästerte zwar über Hartmut, aber zeigte ihm gegenüber ein freundliches Lächeln. Jede Person mit Ausnahme ihrer Eltern war für Antje ein Objekt zum motzen. Antje fuhr dann aber mit mir zurück, bezahlte das Benzin an einer Tankstelle vor der Rückfahrt zu mir nach Düren. Bis nach Münster war es nicht mehr zu schaffen und wir kamen gegen 21.30 Uhr in Düren an. Das Kino hatte nichts zu bieten, so saßen wir noch bei mir zu Hause und schauten Mr. Bean auf Video. Antje hatte meinen Tresor im Schlafzimmer gesehen, in dem ich meine Schusswaffen ordnungsgemäß aufbewahrte. „Wozu brauchst Du denn einen Tresor"?. Ich zeigte ihr den Inhalt und verwies auf mein Hobby. Nach der Übernachtung am Montag morgen bei mir nahm ich Antje noch mit zum Bahnhof, in Köln stieg ich aus und ging zur Arbeit, während Antje weiter mit dem Zug nach Münster fuhr.

In der Woche schrieb ich einen Brief mit Schmeicheleien für Antje, wie ich es zugesagt hatte. Nach einem Anruf von Antje fuhr ich am Wochenende nach Münster. „Ich fahre mit nach Spanien, muss aber meine Ausrüstung noch von hier wegbekommen", so ihre Information an mich. „Ich fahre über Ostern nach Kaprun zum Snowboarden".

Sie kannte einen Taucher aus dem Saarland mit dem sie gemeinsam nach Österreich fahren wollte. Sonntags machte ich einen Sprung aus der kleinen Vereinsmaschine und nahm dann die Ausrüstung von Antje später mit zu mir nach Hause, damit direkt nach Ostern die Abfahrt nach Spanien möglich war. Der Verein lagerte die Ausrüstungen der Springer in einem abgetrennten Bereich einer Scheune bei einem Landwirt in der Nähe des Sprungplatzes. Antje beklagte den Umgang am Platz mit ihr durch die Personen dort, „Alles spießige Idioten, im feinen Münster". Ihre Meinung zu den Vereinskameraden am Sprungplatz war „Die wollen alle nur mit mir ins Bett", was für mich nicht besonders glaubwürdig war.

Sie zeigte mir ein Schreiben vom Gericht und war wegen Diebstahl vorbestraft und hatte Bewährung. „Sage aber nichts meinen Eltern, sonst habe ich Palaver". Abends waren wir zu einer Bank gefahren, die gleiche bei der ich auch bei einer anderen Filiale war wie Antje. Ich bekam tatsächlich auch einen Kontoauszug meiner Bank aus dem Automaten in Münster. Antje hatte 2000,- DM im Minus. Ich fragte, „Kannst du dir leisten erst zum Snowboard fahren und dann noch mit nach Spanien?". „Ich habe noch 1000,- Dollar vom arbeiten auf den Malediven, die sind bei meinen Eltern zu Hause". Ich hatte ihr die Telefonnummer vom Platz in Spanien gegeben, damit sie sich nach Möglichkeiten für Videosprünge dort informieren konnte.

Ob es an meinen schmalzigen Worten in dem „Liebesbrief" gelegen hatte oder Antje notgeil war, weiß ich nicht, aber wir hatten Sex, mit Kondom. Eher durchschnittlich, aber keine besonders heiße Nummer war sie. Ich übernachtete bei ihr und verließ ihr Zimmer morgens durch das Fenster, damit ihr Vermieter nichts merkte. Ein anderer Mann war zuvor schon zur Übernachtung bei Antje gewesen und es hatte wohl Streit mit dem Vermieter deswegen gegeben, der Herrenbesuch nicht in seinem Haus wollte. Aber es war preiswert für Antje bei diesem Mann, einem Tauchsportkameraden zu wohnen, auch wenn der Typ „Geil auf mich" ist, so wie sie es sagte.

Der Abfahrtstag nach Spanien war der 9. April und ich holte Antje in Krefeld bei ihrem Elternhaus ab. Die Adresse und wie ich dorthin kommen würde hatte mir Antje am Telefon zuvor erklärt und ich notierte es auf einem Zettel. In Krefeld kaufte Antje noch zehn Tafeln Schoko-Nuss und Milchreis in einem Supermarkt. In ihrem

Personalausweis war ein älteres Foto mit „Popperlocken", daher war mir klar, warum Antje Musik auf einer Kasette hatte, die mir nicht gefiel und die wir im Auto gehört hatten. Der Autobesitzer Mick und ich fuhren von unserem eigentlichen Abfahrtsort in der Nähe von Aachen noch vorher meinen Wagen zu einer Werkstatt, wo ich für meinen Urlaub einen Termin gemacht hatte für die TÜV-Abnahme. Wir waren nicht sicher ob wir gemeinsam mit Antje zu dritt oder zu fünft mit weiteren Springern nach Spanien fahren werden. Wir waren dann doch noch zu fünf Personen. Für jeden war die Srungausrüstung und eine Reisetasche kalkuliert und das Auto war somit voll. Die Alu-Metallkiste von Antje mit den kompletten Videosachen konnten wir also nicht mitnehmen, aber das Notwendigste um in Spanien Videos zu machen hatte Antje dabei.

Nach 23 Stunden Fahrt von Deutschland aus kamen wir in Andalusien an und fuhren dort zum Sprungplatz, danach zu unseren privaten Unterkunft, die wir für uns telefonisch reserviert hatten. Es war eine Wohnung mit drei Zimmern zum Übernachten. Antje und ich teilten uns ein Zimmer mit zwei Betten, Mick und Frank ein anderes und Rolf belegte ein weiteres. Küche und Badezimmer waren auch vorhanden. Den Mitfahren hatte ich zuvor erklärt, dass sie Antje nicht anmachen sollten. Antje hatte sich vorher bei mir mehrmals beklagt, dass sie von Männern angebaggert wird. „Ich pass schon auf,dass dich keiner anbaggert", hatte ich ihr noch versichert. Wir waren mittags angekommen, Antje und ich machten noch bis zum Abend vier Sprünge. Neben den Organisatoren aus Deutschland waren noch zwei Lehrer aus Süddeutschland und ihre Sprungschüler am Platz, ansonsten Springer aus verschiedenen Ländern. Am Platz waren Planen zum packen der Schirme ausgelegt, ein Sonnenschutz aus Tarnnetzmaterial vorhanden und mehrere Toiletten. Die Staff war in einem kleinen Flachdachgebäude, wo die Plätze für das Flugzeug manifestiert wurden.

Der Platz war für Flugzeuge zum Versprühen von Pflanzenschutzmitteln oder Ähnlichem ausgelegt und hatte eine asphaltierte Landebahn. Einige Container waren aufgestellt wo Videospringer die TV-Geräte und Ausrüstung bedienten. Ein Einheimischer, Paco der zugleich unser Vermieter für die Wohnung war, betrieb einen Verpflegungsbereich mit seiner Frau am Platz. Es gab also warmes Essen zu kleinem Preis dort. Tapas und Bier, Paella etc., so dass wir nur mal Milchreis in unserer Unterkunft während der Tage dort gekocht haben und gefrühstückt hatten. Antje lästerte über Mick, der rote Haare hatte, wie Dave K. dem früheren Freund von Antje, wobei die roten Haare der Aufhänger war um zu stänkern. Mitfahrer Rolf hatte nach Antjes Meinung nur eine minderwertige Tauchlizenz, er war auch Taucher und kannte Antje aus Spa. Sehr unterhaltsam aber doch etwas merkwürdig als Person stellte sich Antje mir dar. Sie ging freundlich lächelnd auf die Leute zu und motzte dann rum, wie blöd sie die Personen dann tatsächlich findet, wenn sie mit mir sprach.

Einen der Sprungschüler aus Deutschland hatte Antje auch mit ihrem falschen Lächeln angesprochen und sich auch freundlich gegenüber unseren Mitfahrern gezeigt. Am zweiten Tag in Spanien saß Andrea mißmutig auf einem Stuhl und schmollte. „Was ist los?", fragte ich. „Der Typ hat mir gestern versprochen, dass er Video will und jetzt auf einmal nicht mehr". Antje war beleidigt über den Sprungschüler und hatte dessen Interesse so gedeutet als hätte sie bereits einen Videoauftrag in der Tasche. Wir gingen zusammen in den Videocontainer und fragten nach Aufträgen für Antje.

Der „Chefvideomann" aus England erklärte das kein Bedarf nach Antje als Videospringer besteht „Everybody is a Video here". Ich fragte Antje „Hast du hier nicht angerufen, ich habe dir doch die Nummer gegeben?". „Nö, ich hatte keine Zeit". Ich fand das schon ziemlich beschränkt, nach Spanien mitzufahren, ohne vorher eine Absprache oder Vereinbarung mit den Platzbetreibern zu machen. „Du fährst mit nach hier über 2000 km, ohne vorher anzurufen, ob was für dich als Video hier geht?!". Antje hatte sich zwischenzeitlich angeboten einen weiteren Schüler bei dessen Sprüngen zu filmen, hatte aber damit keinen Erfolg.

Am Abend in unserer Unterkunft hat Antje in der Dusche eine Pfütze hinterlassen über die sich die Mitfahrer beklagten. „Da steht so hoch das Wasser", bemerkte Rolf. Ich dachte nach der Geste die Rolf machte an eine Beschädigung und ging mit Antje ins Bad. Rolf hatte sehr stark übertrieben, nichts war kaputt, eben nur eine Pfütze, die Antje wegwischte. Aus Frust und Ärger nahm Antje zwei Zahnbürsten aus den Bechern der Mitfahrer und putzte Becken und Toilette damit. Halb amüsiert und angeekelt musste ich lachen, während Antje lächelte und Spaß hatte. Meine Zahnbürste war im Schlafzimmer, so hatte ich wohl nur Glück gehabt. Aus dem Bad heraus gekommen sagte Antje noch zu Rolf „So kannst jetzt duschen gehen, habe ich alles sauber gemacht". Frank sagte noch „Dafür bist du ja auch mitgefahren, zum putzen" und er lächelte dabei. Antje kochte vor Wut, ließ sich jedoch nichts anmerken und grinste. Über ihre Aktion mit den Zahnbürsten sagte ich unseren Mitfahren nichts, es hätte bestimmt Ärger gegeben.

Am nächsten Tag versuchte Antje über die Lehrer an Aufträge für Video zu kommen, was jedoch nicht klappte. Die Lehrer waren nicht bereit die Schüler von einer Notwendigkeit für Videobegleitung zu überzeugen. Schließlich kostet die Ausbildung ca. 3500,- DM, Fahrtkosten, Essen und Unterbringung in Spanien kommen noch für die Schüler hinzu. Ich machte meine Sprünge dort mit Antje, wir wetteten wer den Kontakt im Freifall nicht schafft, der packt für den anderen den Schirm. Nachdem ich zweimal verloren hatte, beendete ich unseren Wettstreit.

Am Abend in unserer Wohnung zeigte mir Antje T-Shirts, die am Platz zu kaufen waren. Sie schenkte mir eins und hatte beim Kauf noch weitere mitgenommen, ohne dafür zu zahlen. „Hat die blöde Kuh nicht gemerkt" und meinte die Frau am Manifest damit, wo auch die T-Shirts aufgestapelt im Regal lagen. Ich war so sauer das ich mich kaum zurückhalten konnte Antje zu Ohrfeigen und schüttelte sie durch „Die Leute kennen mich, und du hast nix Besseres zu tun als hier zu klauen". „Morgen bringst du die Dinger wieder zurück oder bezahlst sie". Antje hatte zwar Tränen in den Augen, aber ich zweifelte an ihrer Aufrichtigkeit. Am nächsten Tag legte Antje einen Teil der T-shirts wieder zurück, aber es schien mir ratsam Antje weiter zu beobachten, damit sie nicht wieder stiehlt oder andere Schweinereien macht. Bis zum Ende des Urlaubs schmeichelte Antje den Sprunglehrern und beklagte sich auch bei diesen, das sie kein Geld habe und sie von ihrem Exfreund nur ausgenutzt worden sei, die übliche mir schon bekannte Masche mit der Antje versuchte andere Leute zu überzeugen dass sie arm dran und bemitleidenswert war.

Sie bat mich noch Fotos mit ihrer Kamera von Ihr zu machen, die sie für ein Preisausschreiben einer Sportzeitschrift benötigte. Die Zeitung lobte 10.000 DM für eine Reportage aus und Antje wollte sich mit Fotos und selbstgefertigten Videoaufnahmen für den Wettbewerb über sportliche Frauen dabei anmelden. Unsere Mitfahrer lästerten auch über Antje und mich, was mir nicht entgangen war. Rolf hatte eine „Reserve" nach etwa der Hälfte des Urlaubs, war also mit der Reservekappe gelandet und hatte sich den Bereich am Knie verletzt. Es war grün und blau, blutete und mit Sicherheit auch schmerzhaft. Antje dazu „Hätte der sich doch alle Knochen dabei gebrochen, das Arschloch". Dieser Kommentar zeigte mir den dunklen Teil von Antjes Charakter, den ich so vorher nicht gekannt hatte. Das man schmunzeln kann, wenn jemand bei der Landung stolpert oder stürtzt geht in Ordnung, aber nicht wenn dabei Verletzungen entstehen, so meine Auffassung.

Bei einer Landung ausserhalb des Platzes, war mir beim hochsteigen einer Böschung und dem Weitergeben von Antjes Ausrüstung aufgefallen, dass keine Plombe auf ihrem Reserveschirm angebracht war, was üblicherweise vom Fallschirmwart bei der Reservepackung gemacht wird. „Nö, der hat keine drauf gemacht", war der Spruch von Antje dazu. Bis zum Abfahrtstag gab es eine Spannung wegen des unterschiedlichen Verhaltens von Antje. Die Mitfahrer besorgten sich am Platz noch ein Baguette für die Rückfahrt, Antje packte das von Rolf aus und spuckte darauf, so rächte sich Antje für Bemerkungen gegen sie. Voller Stolz erklärte sie mir noch, dass sie ihrem Exfreund Pedro aus Münster ins Shampoo gepinkelt habe und Finger- und Fußnägel in den Kaffee getan hatte. Eine kleine Sau, diese harmlos wirkende nach außen freundliche Person.

Darüber ob ich eine weitergehende Beziehung zu Antje haben wollte, war ich mir nicht sicher. Wirklich ernsthaftes Interesse hatte ich innerlich nicht mehr, aber sie war zuverlässig was das Bezahlen für Benzin anging und hielt sich an Absprachen. An Sex mit Antje dachte ich auch nicht ernsthaft, weil mich ihr Verhalten abschreckte und sie sich zwar als die Person darstellte die angemacht wird, aber sie war es die versuchte mit ihrem falschen Lächeln bei Männern anzukommen. Zurück in Deutschland kamen wir gegen Mittag an, holten meinen Wagen, der neu zwei Jahre TÜV bekommen hatte in der Werkstatt ab. Ich musste noch für die nächsten Tage einkaufen und wir fuhren zu mir nach Düren. Antje telefonierte von meiner Wohnung aus nach Saarbrücken und war sehr freundlich zu ihrem

Gesprächspartner, was ich so mitbekommen habe. „Mach es kurz, kostet Geld", sagte ich noch zu ihr. Ich ging zum einkaufen und war etwa zwanzig bis dreißig Minuten außer Haus. Als ich zurück kam, telefonierte Antje immer noch.

„Ey mach langsam mal Schluß" mahnte ich, „Du sollst hier nicht stundenlang mit einem telefonieren, ist teuer, ne.".Antje meinte dazu „Nee, das war ja eben ein Anderer". Also hatte sie mit dem „Taucher" gesprochen und einem anderen Mann, den sie wohl im Wintersporturlaub kennen gelernt hatte, für mich der „Snowboarder". Antje packte noch in meiner Wohnung an ihrer Sprungausrüstung herum, wie sie sagte hatte sie etwas sauber gemacht und den „Loop" gekürzt, die Schlaufe welche das Gurtzeug zusammenhält und verschließt. Ich hatte zu dieser Zeit zwei Papageien, die recht zutraulich und handzahm waren und in einer Voliere in der Küche untergebracht waren. Als Antje vom Wohnzimmer in die Küche ging, schreckten meine beiden Vögel auf. Sowas geschah üblicherweise nicht, weil die Tiere die Anwesenheit von Personen in der Wohnung bemerkten und dadurch nicht schreckhaft reagierten. Antje hatte in meiner Abwesenheit vom Wohnzimmer aus telefoniert und war wohl durch das Gekrächze der Vögel gestört und hatte vermutlich gegen die Voliere gehauen oder getreten, damit die Vögel Ruhe gaben. Die Reaktion meiner Vögel war jedenfalls eindeutig erschrocken. Ich habe es deshalb später vermieden Antje mit in meine Wohnung zu nehmen oder sie bei mir übernachten zu lassen.

Wie vereinbart fuhr ich Antje nach Münster, ging mit ihr noch in einen Supermarkt, wo sie für den Monat noch Lebensmittel einkaufte. Bei einer Bank erkundigte sich Antje nach dem Stand von angelegtem Geld. So unvermögend oder finanziell schlecht dran war sie also nicht, stellte es aber zwischendurch immer wieder bei anderen Personen und im Gespräch mit mir so dar. Abends begleitete ich Antje in ein Hallenbad zu einem Tauchkurs für Anfänger, den sie als Tauchlehrerin dort durchführte. Ich war auch mit im Wasser und beobachtete die verschiedenen Übungen. Sie schenkte mir ein Paar Tauchflossen, die mir passten, ob die vielleicht vom Exfreund von Antje oder ihrem Vermieter waren, wusste ich nicht. Außer den Kartons mit Medikamenten hatte sie noch einen kleinen Stapel Blanko-Rezepte „Da kann man gut Geld mit machen", so ihr Kommentar.

Sie hatte mir noch erzählt, dass sie im Bereich von einer Wasserball-mannschaft Kontakte hatte, möglich war aus meiner Sicht der Bedarf der Sportler nach aufputschenden oder leistungssteigernden Mitteln. Mit was oder mit wem genau Antje ihre Geschäfte machte, wußte ich nicht. In Spanien hatte ich insgesamt 36 Sprünge gemacht, war zu-frieden damit. Meine in Gebrauch befindliche Zahnbürste zu Hause in meiner Wohnung, schmiss ich vorsichtshalber in den Müll, weil sich Antje allein in meiner Wohnung aufgehalten hatte.

Das Wochenende nach dem Urlaub war ich angeln. Antje verbrach-te das Wochenende in Saarbrücken, bei dem Tauchsportfreund oder dem „Snowboarder". Dort hatte nach meinem Wissen also mindes-tens zwei Männer, die sie vermutlich auch versuchte gegeneinander auszuspielen oder ihnen etwas vormachte. Ich war mir nicht sicher über die Verhältnisse von Antje und ihren krummen Geschäften und der unterschiedlichen Handlungen, die sie je nach Situation an den Tag legte. Manchmal gut gelaunt und fröhlich, dann wieder gehäs-sig gegen verschiedene Personen. Sie hatte in einem Call-Center gearbeitet, war gekündigt worden, gab Tauchkurse und machte mit Videoaufnahmen beim Springen etwas Geld. Bei einem Arzt war sie zwischenzeitlich als Fachkraft für eine „Druck-Kammer" oder auch als Reinigungskraft eingestellt. Das Lästern über ihre Exfreunde und andere Personen war durchaus von hohem Unterhaltungswert, wit-zig und auch mal stänkernd. Was die Ursache von dem Zorn gegen manche Person war oder weshalb Antje gegen die Leute etwas hatte, blieb zum Teil rätselhaft für mich. Um mir etwas Klarheit zu ver-schaffen, schrieb ich einen Brief an Antje in dem ich erwähnte dass ich es ehrlich mit ihr meine, was ich als Aufforderung an sie ver-stand, nicht mehr soviel zu lügen und das ihre linken Touren bei mir nicht funktionieren. „Das kannst Du deinen Alten oder deiner Oma erzählen" hatte ich ihr dazu noch gesagt.

Am ersten Wochenende im Mai war eine Pilatus Porter am Platz in Münster, sonniges Wetter und Antje hatte über jede Person etwas zu lästern parat, außer ihren Eltern war davon niemand ausgenommen. Wegen dem Besitz meiner Schußwaffen als Sportschütze zeigte mir Antje ein Foto von einem Mann. Der wollte seine Frau „loswerden" und für 10.000 Mark sollte ich nach Antjes Vorstellung diesen Mann erschießen. Eine für mich nicht vorstellbare Art und Weise, einen

„Auftrag" für Antje zu erledigen. Ich dachte keinen Moment ernsthaft darüber nach, dem Vorschlag von Antje zu entsprechen oder etwas in der Art durchzuführen. Antjes Exfreund Pedro war auch am Platz mit seiner „neuen" Freundin, die im Übrigen aus meiner Sicht auch attraktiver war als Antje. „Nur weil die dicke Titten hat", war eine Bemerkung zu der Frau von Antje. Mir hatte sich diese Frau bei einem kurzen Gespräch sympathisch gezeigt. Antje war eifersüchtig, obwohl die Trennung von ihrem Freund schon mehr als ein halbes Jahr zurück lag, gönnte sie ihrem Exfreund nur Schlechtes. Mit einer weiteren jungen Frau, die Krankenschwester lernte, hatte ich auch gesprochen. Zu den Personen am Platz bemerkte Antje zum Teil nur Negatives, meine Aussage zu der jungen Frau gegenüber Antje war „Die Frau Doktor ist doch ganz nett", „Ach findest Du, kannst es ja mal bei ihr versuchen, die ist die Platzmatratze hier". Antje und ich fuhren abends noch nach Stadtlohn, wo der ehemalige Betreiber vom Sprungplatz in Spa einen Sprungbetrieb aufzog und ein Faltblatt auch an Springer geschickt hatte, die in Spa aktiv gewesen waren. Im Vorbeigehen an einem weißen Kombi hatte Antje noch gesagt „Der gehört auch zur Hälfte mir". Den Wagen benutzte ihr Ex-Freund. Wir sprachen so beim gehen und plötzlich war Antje aus meinem Blickfeld verschwunden. Ich entdeckte sie neben dem Wagen ihres Ex-Freundes, wo sie versuchte mit einem Ast die Bremsleitungen vorne per Hebelkraft zu beschädigen. Ich zog sie vom Auto weg, nahm ihr den Ast weg und trat sie in den Hintern. „Du bist wohl bescheuert", sagte ich ihr noch. In der Dämmerung in Stadtlohn angekommen, war aber niemand am Platz zu sehen, nur das bekannte Absetzflugzeug stand dort und auf einem Wiesenbereich einige Wohnwagen, einer mit der Aufschrift Manifest. Auf Nachfrage im Platzrestaurant erklärte der Wirt, dass Sprünge hier durchgeführt wurden, aber Betreiber Paul S. in einer Pension im Ort untergebracht war. Wir konnten Paul S. aber nicht persönlich finden und fuhren zurück nach Münster. Ich kaufte mir ein Sixpack Dosenbier an einer Tankstelle Antje bezahlte die Tankfüllung Benzin und fuhr auf der Rückfahrt.

Am Platz in Münster fanden sich noch einige angetrunkene Personen, die in der Vereinsbaracke feierten. Antje schlief in einem VW-Bus, der für die Springer vom Landeplatz am Vereinsgelände als

Transferfahrzeug zum nächstgelegenen Flugplatz/Startplatz Telgte vorgesehen war. Ich legte mich in meinem Auto schlafen. Antje hatte auch einige Videoaufträge für Tandems durchgeführt. Sie unterlegte diese mit Musik, einige Male Standbilder und nahm dafür von den Tandem-Gästen dafür 120 DM. Die normale Qualität für solche Aufnahmen sind neben dem Einstig ins Flugzeug und Aufnahme der Landung, Bilder im freien Fall und Zeitlupeneinstellungen. Antjes fertige Aufnahmen entsprachen nicht dem Üblichen. Auf meine Frage „Machst Du da denn keine Zeitlupen rein?", antwortete Antje „Merken die Idioten doch sowieso nicht" und grinste dabei. Also ging es ihr nur darum, leicht Geld zu verdienen und die Qualität von Fotos und Video waren ihr nicht so wichtig.

Am Sonntag war auch schönes Wetter und Sprungbetrieb. Ein bekannter Politiker von der bunten Partei, Förderer und Vereinsmitglied Joschi W., war auch am Platz. Mit ihm wechselte ich nur wenige Worte. Antje ging mit ihm Arm in Arm für ein Gespräch eine längere Strecke auf dem Vereinsgelände. Auf meine Nachfrage nach der Beziehung zwischen ihr und Joschi W. antwortete sie „Der hat ein schönes Haus und eine Wohnung hier". Meine Gedanken waren bei Antjes blaugelben Gurtzeug das eins von mehreren war, die gemeinsam wahrscheinlich mit Preisnachlass gekauft, von der gleichen Bauart waren. „Was hat denn die Frau vom Joschi W. gesagt, als du bei ihm zu Hause warst?". Antje antwortete „Die war nicht da". Joschi W. war laut Antje noch an dem Absetzflugzeug beteiligt und organisierte auch Sprünge auf Gran Canaria, wo er auch ein Haus besaß. Für mich stand fest, dass Antje für ein neues Gurtzeug oder weitere Gefälligkeiten zu ihrem Nutzen auch mal die Beine breit machte, sicher auch für Joschi W., dem umtriebigen Politiker der bunten Partei. Bei einem Aufenthalt nachmittags am Startplatz des Flugzeuges bekam ich mit, dass sich der Pilot der Maschine und ein Tandem-Master sich über ein Springen unterhielten, was einige Tage später stattfinden sollte. Dabei fiel auch der Name von Antje für Videobegleitung oder welche anderen Springer dafür in Frage kämen. Der Start der Absetzmaschine verzögerte sich wegen hohem Verkehrsaufkommen im Luftraum.

Gegen Abend war der Sprungbetrieb zu Ende, Antje ging ihrem zweiten Hobby, dem Telefonieren öfters nach. Der Strom für die

Vereinsbaracke kam von einem kleinen Aggregat und wurde abgestellt, obwohl Antje noch ihre Video- und TV-Ausrüstung nicht abgebaut hatte. Ihr Fallschirm lag noch ungepackt auf einer der ausgelegten Planen auf dem Rasen, während Antje telefonierte. Einige Springer zogen Antjes Schirm beiseite und falteten die Planen zusammen. Ich musste noch am selben Abend nach Hause mit ca. 2 Stunden Heimfahrt. Ich packte den Schirm von Antje auf dem Rasen, Antje sammelte ihre TV-Ausrüstung im Halbdunkel der Baracke zusammen. „Pack mal deine Klamotten was schneller ein, ich muss auch noch nach Hause" sagte ich zu ihr. Antje versuchte noch den Piloten und den Tandem-Master, die sich am Nachmittag am Flugplatz besprochen hatten, von ihrer Teilnahme als Videobegleitung zu überzeugen. Ich wartete am Auto und rauchte eine Zigarette als Antje wortlos zum VW-Bus ging, den sie zu einer Baufirma fahren musste, weil der dort am nächsten Tag gebraucht wurde. Sie knallte die Türe zu, startete den Wagen und raste in hohem Tempo vom Gelände, ich fuhr ihr in meinem Wagen hinterher. Auf den kurvigen Landstraßen neigte sich der VW-Bus einige Male bedenklich, sicher war es die 105 PS Version des Fahrzeuges, da ich mit meinem 75 PS-Wagen kaum hinterher kam. An der Firma angekommen warf Antje den Schlüssel noch in den Briefkasten.

Wir fuhren weiter in die Stadt und wollten noch einen Döner essen, ich hatte tagsüber noch nichts und war etwas hungrig. Antje war beleidigt, weil sie nicht als Video für das angesetzte Springen von dem Pilotem und dem Tandem-Master eingesetzt werden sollte, was mir nach dem teilweise mitgehörtem Gespräch am Nachmittag schon klar war. Bei dem Döner- Imbiss angekommen versuchte ich sie noch etwas aufzuheitern und stichelte noch etwas so wie sie es auch gerne machte. Das konnte sie nicht so gut vertragen,verließ die Döner-Bude und setzte sich ins Auto. Ich hatte ihr gesagt, sie sollte die Türen verschließen, was sie nicht getan hatte. Darüber war ich meinerseits sauer, weil die Ausrüstung im unverschlossenen Auto war. Daher verzehrte ich meinen Döner langsam und ließ Antje auf dem Beifahrersitz köcheln. „Ich will nach Hause" sagte sie. „Dann musst du dich eben beim zusammenpacken von deinem Kram beeilen und nicht noch stundenlang durch die Gegend telefonieren", antwortete ich ihr. Ich setzte sie noch zu Hause in Münster ab und fuhr dann knapp zwei Stunden bis zu mir nach Hause. Auf der Fahrt dachte ich über die Erlebnisse der letzten Wochen mit Antje nach. Für eine feste Beziehung kam Antje nicht in Frage, zu launisch und wechselhaft, teilweise agressiv ohne erkennbaren Grund. Eifersüchtig und mit einem nachtragenden Charakter ausgestattet, so kam es mir vor. Bei Gelegenheit versuchte sie auch andere Personen gegeneinander auszuspielen. Trotzdem wollte ich Antje als meine Sprungfreundin vorerst behalten, damit sie mir das Tauchen für wenig oder gar kein Geld bis zur Grundlizenz beibringen konnte. Danach wollte ich weiter sehen. Sie war zuverlässig in Absprachen und gab mir auch Geld für Benzin, ohne das ich danach fragen oder sie daran erinnern musste. So etwa zwei bis dreimal im Monat konnte ich mir so das Springen auf unterschiedlichen Plätzen leisten, weil Antje sich an den Fahrtkosten beteiligte. Beruflich hatte ich vor ab Herbst bei der Abendschule das Fachabitur zu machen, um dann später vom mittleren Dienst in den gehobenen Dienst zu kommen. Die Bezahlung wäre etwas besser und damit hätte ich auch mehr Geld für meine Hobbies.

In der ersten Maiwoche rief mich Antje an, dass sie beim Versuch mit einem Blanko-Rezept etwas in einer Apotheke zu erhalten erwischt worden war. Die Mitarbeiterin der Apotheke hatte die Polizei verständigt und es hatte eine Hausdurchsuchung stattgefunden, so Antje. Auf meine Frage ob denn der Stapel mit weiteren Rezepten noch Schwierigkeiten gemacht hätte antwortete Antje „Nee, haben die blöden Schweine nicht gefunden, Gott sei Dank". Wegen Ladendiebstahl war sie vorbestraft auf Bewährung und musste als Auflage zu einer Psychologin. Die Eltern von Antje hatten von ihren Eskapaden keine Ahnung und hielten ihre Tochter für die Unschuld vom Lande, die kein Wässerchen trüben konnte. „Wenn das mein Vater mitbekommt, habe ich wieder voll das Theater".

Antje hatte noch Informationsmaterial von der Bundeswehr erhalten. „Was machst Du damit?". Sie hatte die Absicht sich bei der Sportfördergruppe für Fallschirmspringer in der Bundeswehr bei Altenstadt zu bewerben. „Als Krankenschwester können die mich bestimmt in den Sanitätsdienst aufnehmen und springen kann ich dann so als Dienst nebenbei auch noch". Ich hatte da meine Zweifel, ob Antje damit Erfolg haben könnte. Da ich selbst meinen Grundwehrdienst beim Bund abgeleistet hatte und sie mit ihrer Art überhaupt für die Bundeswehr geeignet war, um dazu noch unterstützt zuwerden für ihr Hobby, wäre eher unwahrscheinlich. „Das würde ich gerne sehen, du bei der Bundeswehr, sage mir jedenfalls Bescheid, würde ich mir gerne ansehen", sagte ich zu ihr.

Für das Wochenende 8/9 Mai waren wir verabredet in Grefrath bei Krefeld, wo an diesem Wochenende Sprünge möglich sein sollten. Zwei mir und Antje bekannte Tandem-Master hatten dort für den Sprungbetrieb ein Flugzeug angemietet. Am Samstag holte ich Antje bei ihrem Elternhaus ab. Das Wetter war zwar bewölkt aber es stellte sich heraus, dass es erst am Sonntag in Grefrath gesprungen werden konnte. Wir fuhren nach Dortmund/Holzwickede und nach Stadtlohn. Auf beiden Plätzen waren aber nicht genügend Leute zum springen oder es fand kein Sprungbetrieb statt. Antje gab mir 90,- DM fürs Benzin und weitere 150,- DM für Materialkosten für einen Freefly-Kombi, den ich bei einer mir bekannten Frau fertigen ließ, die mir auch einen solchen Kombi geschneidert hatte. Am Flugplatz Stadtlohn war niemand am am Platz zu sehen, nur die Absetzmaschine stand dort ohne Propeller und Turbine. Es war also ein technisches Problem weshalb dort gerade kein Sprungbetrieb stattfinden konte. Zwei turbinengetriebene Flugzeuge eines ansässigen Charter-Betriebs standen dort und Antje und ich konnten in die offenen Maschinen hineingehen, es war nur eine Besichtigung. Antje nahm noch eine Champagner-Flasche mit, die zwischen den Sitzen lag und ließ sie unter ihrer Kleidung verschwinden, dabei grinste sie schelmig. Bei den aufgestellten Wohnwagen für den Sprungbetrieb war auch niemand zu sehen. Antje knackte den oberen Teil der Wohnwagentür auf. „Hilf mir doch mal", waren ihre Worte als sie versuchte den unteren Teil der Türe zu öffnen. Ich riß die Tür auf „Und jetzt, wir können doch garnichts mitnehmen, das Auto ist voll", sagte ich. Antje nahm noch einige Packbänder als Beute mit und wir verließen den Platz. Auf meine Vorwürfe was die Aktion Wohnwagen und das mitnehmen der Schampusflasche anging, reagierte Antje mit Schulterzucken „Hat doch keiner gemerkt".

Antje telefonierte an der Autobahn mit einem gemeinsamen Bekannten in der Nähe von Aachen. Roger B. war wohl zu Hause und wir fuhren bei ihm vorbei. Roger übergab mir ein Beutel Packgummis und an Antje einen Umschlag mit Sprungtickets aus der Zeit von Spa. Die Tickets wollte sie an Paul S. geben und das Geld dafür zurück erhalten, Paul S. betrieb nun den Platz in Stadtlohn, wir hatten ihn dort aber nicht angetroffen.

Zurück in Krefeld wollten wir noch ins Kino gehen. Vorher waren wir noch in einem Imbiss. Antje telefonierte aus einer Telefonzelle mit ihrer Freundin und ins Saarland. Ich stand nebenan und schaute mir Uhren in einem Schaufenster an. Was sie genau mit den Leuten am anderen Ende der Leitung besprochen hat, weiß ich nicht. Plötzlich ein Knall als ob eine Mülltonne umgefallen wäre. Aber es war Antje die mehrmals mit ihrem Fuß wütend gegen die Rückwand der Zelle getreten hatte. Vorbei kommende Personen sahen das Schauspiel und wunderten sich noch über die Lautstärke des Telefonats. Die Telefonzelle verließ Antje mit den Worten „Scheiß-Türken-Schlampe" ihre Bezeichnung für ihre angeblich beste Freundin. „Was ist los"? fragte ich. Antje schimpfte nur so herum über den Saarländer „Das Arschloch, verspricht mir was und hält sich kein bisschen daran". Was sie damit meinte, war mir nicht bekannt, irgendwas lief wohl nicht so wie es sich Antje vorgestellt hatte. Ich hielt mich zurück, weil sie im Modus „Nicht ansprechbar" war. Im Kino, etwa zwanzig Minuten später war alles wieder normal, sie lachte und auch der Film „Late show" von Harald Schmidt schien ihr zu gefallen. Antje schlief bei ihren Eltern im Haus. Ich besuchte noch alleine eine Kneipe, trank dort noch ein paar Bierchen und legte mich später in meinem Auto schlafen.

Am Sonntag war tatsächlich Sprungbetrieb auf dem Platz in Grefrath. Eine kleine Maschine und auch Tandem-Gäste waren dort. Antje filmte und fotografierte im Auftrag von Hajo P. und Yogy K., den beiden auch mir bekannten Tandem-Mastern, die Tandem-Gäste. Ich selbst machte nur zwei Sprünge, da die Absetzhöhe nur knapp 3000 m betragen hatte. Einmal packte ich den Schirm von Antje und überließ ihr meinen Schirm für einen Sprung. Gegen Abend wurde eingepackt, Antje erhielt ihren Lohn für die Video-Sprünge. Antje holte die Schampus-Flasche aus dem Auto, die wegen der Temperatur nicht gut trinkbar war. Aber das hielt Antje nicht davon ab sie an Hajo P. zu geben. Unbemerkt von ihm hatte Antje in die Flasche gespuckt und Hajo gönnte sich einen guten Schluck, Antje lächelte. Vor lachen hätte ich mir beinahe in die Hose gemacht und ging schnell zum Auto, um mich neben einem Busch zu erleichtern. Den Teil von Antjes Video-Ausrüstung in einer Alu-Kiste und einer Klapp-Box, nahm ich mit zu mir nach Hause und Antje blieb in Krefeld.

Am folgenden Dienstag oder Mittwoch rief mich Hajo P. an. „Wo ist die Antje, das kleine Miststück?". Ich erkärte, dass ich es nicht weiß. Hajo meinte noch „Du bist doch mit ihr zusammen?". „Nein, ich fahr nur ab und zu mit ihr rum". Hajo war aufgebracht über Antje, weil eines der Videos für einen Arbeitskollegen von Hajo war und die Qualität des Filmes schlecht. „Da ist gar keine Musik drauf, nur Rauschen, sage der Antje sie soll mich mal anrufen". Später in der Woche telefonierte ich mit Antje und richtete ihr von Hajo die Grüße zum Rückruf aus. Antje bekam am anderen Ende der Leitung einen Wutanfall und schimpfte über Hajo, weil sie nicht so viel Geld wie es üblich war für die Videoaufnahmen bekommen hatte. „Was bildet der sich ein, das Arschloch, gibt mir nur dreißig Mark für ein Video". Das war eine typische Reaktion von ihr, schlechte Arbeit abgeben und sich dann noch über Kritik beschweren, die miese Qualität hatte sie abgeliefert. Wir sprachen noch darüber, was denn am kommenden Wochenende zum Springen anstehen könnte. Antje wollte nach Saarbrücken, weil sie dem Mann, also dem „Taucher" oder dem „Snowboarder" ein Fahrrad versprochen hatte. Eines der Räder, die sie in der Fahrradstadt Münster gestohlen hatte und die in der Garage standen wo sie wohnte.

Der Donnerstag war ein Feiertag. Wir veabredeten uns für den Donnerstag in Schwanhoven, dem Platz wo wir schon einige Wochen zuvor gewesen waren. Da ich den Freitag frei hatte und nicht wusste was am Feiertag für ein Verkehrsaufkommen war, fuhr ich bereits am Mittwoch spät nachmittags nach Schwanhoven. Die Vidio-Kiste von Antje hatte ich nicht mitgenommen, weil am Sprungplatz genügend Video-Ausrüstung in einem Raum vorhanden war. Lediglich die Klapp-Box von Antje hatte ich dabei. Antje fuhr von Münster kommend mit ihrer Sprungausrüstung und einem Fahrrad nach Saarbrücken mit dem Zug zu einem ihrer Freunde. In Schwanhoven kam ich abends an und traf noch einen Springer aus Bochum, der auch für die Tage da war und seinen Heimatsprungplatz dort hatte. Ich trank noch ein paar Bier aus der Dose, die ich mir mitgenommen hatte und übernachtete in meinem Auto. Am Feiertag Christi Himmelfahrt oder allgemein Vatertag genannt, wurde die Maschine für 10 Springer erstaunlicherweise nicht benutzt, obwohl gutes Wetter war und genügend Springer am Platz waren. Der Pilot der größeren Maschine hatte „Vatertag", trank Bier und so wurde nur eine kleine Maschine für sechs Springer zum Einsatz gebracht, weil der zweite Pilot die größere Maschine nicht steuern durfte. Hartmut K., der mir bekannt war vom Besuch des Platzes Wochen zuvor, war ebenfalls am Platz. Antje kam am Feiertag nicht an und ich machte mir so meine Gedanken, dass sie vielleicht wie es ihre Art war „schwarz" mit dem Zug gefahren sein könnte und sie deshalb Schwierigkeiten bekommen hatte. Eine Nachfrage bei Hartmut K. ob sich Antje bei ihm gemeldet hätte blieb für mich ohne Ergebnis, da Hartmut K. mich offenbar nicht mochte.

Für mich war Schwanhoven wegen der Unfreundlichkeit der Leute und dem Benutzen der kleinen Maschine als Sprungplatz schon ein Stück weit erledigt. In der Platzkneipe trank ich abends noch ein paar Bier und übernachtete im Auto. Am Freitag ging der Sprungbetieb mit der größeren Maschine am Platz weiter. Ich hatte mir vom örtlichen Fallschirmwart noch ein kleines Gurtzeug gekauft, welches man nur mit einem kleinen Stoffadler erwerben konnte, der als Maskottchen von einer Meisterschaft im Vorjahr dort zu kaufen war. Das Mini-Gurtzeug war für meinen Mr. Bean-Teddy, den mir Freunde zum Geburtstag geschenkt hatten. Ich ärgerte mich darüber, dass ich den Adler auch noch mit zum Gurtzeug dazu kaufen musste, um an das Gurtzeug zu kommen. Der Fallschirmwart nähte es noch passend etwas um, wenigstens ein wenig Service für den kostspieligen Erwerb von 40 DM.

Ein Springer aus Berlin, ebenso wie ich ein Platzfremder meinte noch „Die Leute hier sind merkwürdig, irgendwie ungastlich". Das entsprach auch meinem Eindruck, auf dem Platz waren im Jahr zuvor die Deutschen Meisterschaften im Formationsspringen durchgeführt worden. Die anwesenden Springer die dort ihren Platz hatten waren überwiegend distanziert zu Gastspringern. Der Springer aus Berlin war aus Saarlouis einem anderen Sprungplatz nach Schwanhoven gekommen und berichtete, dass an diesem Wochenende eine Cessna-Caravan in Saarlouis für Sprungbetrieb zur Verfügung steht. Antje kam nachmittags in Schwanhoven an und stand plötzlich vor mir. Sie war von Hartmut K. am Bahnhof abgeholt worden. „Na kommst Du aber noch, wir waren doch für gestern hier verabredet"?, sagte ich. Antje meinte nur dass wir für den Freitag verabredet gewesen waren und das mit dem Fahrrad alles gut gegangen war. Sie machte einige Sprünge mit Hartmut K. zu „Übungszwecken", Video-Anfragen erhielt sie nicht, obwohl sie sich das von Hartmut K. als Auftragsvermittler so vorgestellt hatte. Zwischenzeitlich hatte Antje mit Hartmut K. auch Auseinanderstzungen verbaler Art, es ging teilweise um Sprünge oder Videoaufnahmen die Antje machen wollte, aber sie erhielt letztlich keine Aufträge dazu.

Ich hatte für mich beschlossen von Schwanhoven nach Saarlouis zu fahren, wo eben die Caravan an diesem Wochenende als Absetzflugzeug stand. Gegen Abend sagte ich dann zu Antje „Ich fahr dann mal nach Saarlouis". Zu meiner Überraschung wollte Antje mit mir nach Saarlouis fahren bzw. fragte mich danach, ob ich sie mit nach Saarbrücken nehmen könne. Ich verstand das nicht so richtig, weil sie erst kurz zuvor von Saarbrücken aus nach Schwanhoven gekommen war. Ihre Planung zu Videoaufträgen in Schwanhoven hatte sich anders als von ihr erhofft, wohl zerschlagen. Wir fuhren zunächst nach Saarlouis um den Platz zu erkunden. Dort waren zu der Zeit drei Vereine oder Betriebe, die dort Sprünge organisierten. Antje fragte bei zwei Betrieben nach Möglichkeiten für Video. Ich fuhr sie dann nach Saarbrücken, wo sie verabredet war, wie sie mir sagte und bis 21 Uhr da sein musste.

Angekommen an einem Mehrfamilienhaus, klingelte sie im Eingangsbereich und es wurde nicht geöffnet, was ich aus dem Auto beobachten konnte. Ich stieg aus ging zum Eingangsbereich und fragte „Wenn der Typ nicht da ist, kannst du dir ja deinen Schlafsack holen und da bei den Garagen schlafen", weil ich keine Lust hatte auf Antje zu warten bis sie ihre Angelegenheiten geklärt hatte. Antje nahm ihre Sporttasche aus dem Auto und klingelte erneut. Aus der Gegensprechanlage kam eine männliche Stimme „Ach Antje, Du bists", so überraschend die Stimme klang, war Antje nicht verabredet oder angekündigt. Sie ging ins Treppenhaus und sagte zu mir „Springerisch habe ich das Wochenende schon abgehakt". Für mich stand fest, dass Antje nicht in Saarbrücken verabredet war, auch wenn sie mir als

Grund „Einkaufen am Samstag" für die Fahrt dorthin genannt hatte, es musste etwas anderes dahinter stecken. Von ihrem Verhalten war ich genervt und war ganz froh sie in Saarbrücken loszuwerden. Ich fuhr nach Saarlouis, machte da bis Sonntag Abend noch einige Sprünge und traf dort auch noch Springer die ich aus Belgien kannte. Antje war trotz guten Wetters nicht am Sprungplatz in Saarlouis aufgetaucht, obwohl sich noch Platzmitbetreiber Anton bei mir mit den Worten „Wo ist denn die Video-Schnecke" nach ihr erkundigt hatte. Ich wusste nur, dass sie bei dem Freund „Taucher" oder „Snowboarder" zu Besuch war und dort auch übernachtete. Mit wem der beiden Männer sie auch noch ins Bett stieg oder geschäftlich in Verbindung stand, um Medikamente oder anderes Diebesgut zu vertreiben, wusste ich nicht.

In der Woche rief mich Antje an und auf meine Nachfrage „Warum bist Du am Wochenende nicht nach Saarlouis gekommen?" antwortete sie „Ich musste mir das Formel-Eins-Rennen anschauen". Das war der von ihr typisch vorkommende Blödsinn, den sie öfter erzählte, denn es wäre kein Problem gewesen von Saarbrücken aus nach Saarlouis zu gelangen. „Es war schönes Wetter und der Typ hätte dich doch zum Bahnhof fahren können, in Saarlouis hätte dich sicher einer abgeholt", sagte ich. Antje wurde immer wütender „Der wollte mich ja nicht fahren" und war offenbar sauer über einen der Saarländer, bei dem sie übernachtet hatte und mit dem sie sich eine emotionale oder geschäftliche Art Beziehung erhoffte. Wir verabredeten uns für das kommende Wochenende in Münster, wo bereits am Freitag Nachmittag nach Antjes Informationen eine Pilatus Porter für das Springen zur Verfügung stehen sollte. Ich hatte ab Pfingsten zwei Wochen Urlaub und die Absicht samstags bei einem Freund zur Geburtstagsparty zu gehen, um dann später am Wochenende nach Saarlouis zu fahren. Dort sollte an Pfingsten und in der Woche danach eine Caravan am Platz sein und damit auch in der Woche Sprungbetrieb stattfinden.

Am Freitag nachmittags war ich dann von der Arbeit in Köln nach Münster unterwegs und holte Antje beim Universitätsklinikum ab, wo sie eine Blutspende abgab. Sie musste noch zu einem Termin bei ihrer Psychologin zwecks Gespräch, wegen ihrer Bewährung. Danach fuhren wir zum Sprungplatz. Es waren aber nur wenige Leute da und die angekündigte Absetzmaschine fehlte ebenfalls, ich kam mir schon etwas verarscht vor. Es kam kein Sprungbetrieb zustande. Am Abend waren wir in der Stadt auch zu der mir bereits bekannten Studentenkneipe „Ipanema". Ich setzte Antje bei ihrer Wohnung ab, parkte meinen Wagen dort und ging noch alleine in die Stadt, um etwas zu trinken. Geschlafen habe ich in meinem Auto, ich hatte kein Interesse danach zu fragen im Haus zu schlafen, wegen des speziellen Vermieters von Antje.

Am Samstag war auch nicht viel Betieb auf dem Sprungplatz, obwohl es so angekündigt war. Damit war für mich der Platz dort zum Springen erledigt. Antje hatte die Information, dass in Grefrath Sprungbetrieb und ein Flugplatzfest stattfinden sollte. Wir kamen überein dorthin zu fahren, weil es in der Richtung lag um abends zur Feier bei meinem Freund zu fahren. In Grefrath war tatsächlich „Flugplatzfest" und es standen Grillplatz, Trinkbuden und eine Kinderhüpfburg für die Gäste herum. Es fanden Rundflüge vom ortsansässigen Fliegerclub für normale Gäste statt. Tandemsprünge wurden von Hajo P. und Yogi K. mit der dafür angemieteten Maschine angeboten. Für Antje hatte es nur wenige Videoaufträge für Tandems gegeben, darüber war sie sauer. Man kann die Videobegleitung anbieten, aber wenn die Tandem-Gäste das nicht wollen, gibt es auch nichts um die Leute dazu zu zwingen. Ich selbst bin nicht dort gesprungen, weil nur eine kleine Maschine mit der geringen Absetzhöhe in Betrieb war. Gegen Abend wollte ich weiter zur Party meines Freundes und hatte Antje angeboten auch dahin mitzukommen. Sie hatte dafür auch zugesagt, weil wir von dort aus dann später gemeinsam nach Saarlouis fahren wollten.

In einer Halle, wo die Kinderhüpfburg stand gab es Strom für die Videoausrüstung von Antje. Aus Frust oder Ärger über die wenigen Aufträge ging Antje zur Hüpfburg und lockerte ein paar Haltestricke mit den Worten „Scheiss-Puten". Aus den Wasser- und Limonaden Kisten, die dort lagerten für das Fest, bediente sich Antje und verstaute einige Flaschen in ihrer Video-Kiste. Ich packte wieder welche aus, weil die Flaschen beim Rollen der Kiste klapperten und ich fand, dass Antje es mal wieder übertrieb. Sie unterhielt sich noch mit Yogi K. über Geldanlagen und Aktien. „Du kannst gerne hier bleiben oder auch weiter über Aktien phantasieren, wenn du mitfahren möchtest, ich fahre gleich los", sagte ich zu Antje. Sie meinte wohl, dass ich nichts Besseres zu tun hätte als auf sie zu warten. Dann fuhren wir zur Party meines Freundes, es gab genug zu Essen und Trinken. Wir übernachteten auf einer Luftmatratze im Haus, wobei Antje früher schlafen ging und ich noch bis in die Nacht Bier getrunken habe. Am nächsten Morgen war ich ein wenig müde, aber wir fuhren dann nach Saarlouis, wo wir kurz vor Mittag ankamen.

Das Wetter war gut, aber ich hatte noch einen leichten Brummschädel wegen der für mich etwas kurzen Nacht. In der Packhalle, einem Teil des Flugzeughangars stand für das Manifest eine Glaskanzel. Antje sah sich um und bermerkte „Da steht eine weiße Geldkassette drin". Was sie nun genau vorhatte, weiß ich nicht, aber es lag wieder etwas „Im Busch". Hartmut K. den Antje von einem gemeinsamen Lehrgang kannte und mir auch seit kurzem bekannt war, erhielt in Saarlouis eine Schulung für Tandem-Master. In der Woche war Antje mit Hartmut unterwegs gewesen „geschäftlich" wie sie sich ausdrückte. Ich baute mein Zelt auf, wegen der Absicht noch einige Tage dort zu bleiben. Antje legte ihren Schlafsack ins Zelt dazu und machte Tandem-Sprünge als Passagier, damit die Tandem-Master zur Übung erfahrene Springer mitnehmen konnten. Ich selbst hatte noch nie einen Tandemsprung gemacht und stellte mich auch einmal als Passagier zur Verfügung. Ein etwas anderes und mulmiges Gefühl, weil man ohne etwas machen zu müssen vor den Bauch des Tandem-Masters geschnallt wird und nicht richtig aktiv ist. Bei einem der Tandem-Sprünge mit Hartmut hatte Antje meinen Mr. Bean-Teddy dabei und warf ihn vom geöffneten Tandemschirm in ca. 150 m ab, damit ich sehen konnte wie der an seinem Fallschirm zu Boden fliegt. Er landete am Rand des Sprungplatzes in einem Gebüsch, wo ich ihn aufnehmen konnte.

Am Platz gab es eine Mittagspause von 2 bis 3 Stunden, somit kein Sprungbetrieb wegen der Geräuschbelästigung in der Platzumgebung für die Anwohner. Es gab eine Gastwirtschaft am Platz und man konnte sich dort auch mit Essen und Trinken versorgen, günstiger ist es, wenn man sich selbst etwas mitbringt. Antje hatte auf unseren Fahrten immer etwas dabei, ob Brot oder auch Kuchen, nichts besonderes, ich brauchte mir dann nur was zu trinken mitnehmen und war versorgt. Natürlich hatte ich daruf geachtet, dass Antje mir nicht aufs Essen gespuckt hat, wenn sie mir was anbietet, ich kannte doch ihre Art anderen Personen manchmal eins auszuwischen. Der Pilot der Absetzmaschine war mir von anderen Plätzen bekannt, er war früher auch bei der Bundeswehr tätig und trug ab und an etwas dick auf. Bei ihm und Hartmut erkundigte sich Antje zu den Verhältnissen am Platz. Zwischenzeitlich war sie freundlich, stänkerte dann über die Personen wenn diese nicht anwesend waren. Es gefiel ihr nicht dass ich bei ihr war und sie damit nicht in Ruhe ausspähen konnte, wo es etwas zu stehlen oder zum mitnehmen geben könnte. „Kannst Du mich am Dienstag nach Karlsruhe fahren, ich habe mich da in einem Krankenhaus beworben und ein Vorstellungsgespräch?", fragte Antje mich. „Wenn hier Betrieb ist auf dem Platz, kann ich dich zum Bahnhof fahren und du kannst mit dem Zug nach Karlsruhe fahren, oder?" Das Bewerbungsgespräch sollte am Vormittag stattfinden, so die Auskunft von ihr.

Am Abend fuhren wir gemeinsam mit einigen Springern in eine Pizzeria. Antje gab sich gegenüber den Leuten interessiert an dem Sprungplatz und gab die üblichen Geschichten aus ihrem Leben preis, vom Ausnutzen durch ihren Exfreund bis zum Geldmangel, der sie ständig plagte. Ich war nach dem langen Tag müde und wollte nach dem Essen nicht mehr lange bleiben und stubste Antje einmal kurz unter dem Tisch an. „Warum trittst du mich dauernd?" maulte sie. Ich wusste nicht wer sie unter dem Tisch getreten hatte und mit den Worten „Leck mich am Arsch" stand ich auf und verließ die Pizzeria. Ich fuhr zum Platz zurück und legte mich in mein Zelt zum Schlafen. Später als ich gerade eingenickt war ging der Reißverschluß des Zeltes auf und Antje erschien. „Geht das auch leise? und geh mir nicht auf den Nerv, du blöde Kuh". Antje packte ihren Schlafsack und verließ das Zelt. Wenigstens Ruhe jetzt, dachte ich und schlief bis zum nächsten Tag.

Antje hatte die Nacht in der Packhalle/Flugzeughangar geschlafen und legte ihren Schlafsack ins Auto. Es war genug Betrieb am Platz und einige Sprünge über den Tag möglich, auch mit der hier üblichen Mittagspause. Antje gab sich wieder freundlich und umgänglich, fragte den Piloten noch etwas über die Verhältnisse bei der Sportfördergruppe der Bundeswehr. Videoaufträge bekam Antje nicht, motzte zwischendurch über Hartmut K. mit dem sie Trainingssprünge durchführte aber etwas Lukratives kam für sie dabei nicht heraus. Sie gab mir aber ihren Benzingeldanteil von 60 DM. Sie schmeichelte den anwesenden Personen auf ihre scheinheilige Art und gab sich so harmlos. Als ich einmal einen Sprung hinter mir hatte, lag auf dem Platz wo ich packen wollte Antjes Schirm, nur der Hilfsschirm war noch raus und ich packte ihren Schirm fertig, um Platz für meinen Packjob zu haben. Antje sprach noch dabei in einiger Entfernung mit Hartmut K. dem es gefiehl, dass Antje scheinbar für ihn Interesse zeigte. Darüber das sie keine Video-Aufträge erhielt war Antje enttäuscht. „Du hast mir versprochen, dass ich hier Videos machen kann", war ein Ausspruch zu mir, obwohl ich nicht Platzbetreiber war und damit auch keinen Einfluß darauf hatte, ob jemand für Tandems Videos macht oder nicht. „Da mußt du schon die Leute fragen, die das hier anbieten und nicht mich", sagte ich zu ihr.

Bei einem Gespräch zwischen dem Piloten und mir sagte der, dass er mit der Maschine am Dienstag den Platz verlässt und damit auch kein Sprungbetrieb in der Woche nach Pfingsten am Platz möglich ist. Darüber war ich erstaunt, weil mir Anton, einer der Platzbetreiber, in der Vorwoche Sprungbetrieb angekündigt hatte, sonst wäre ich nicht nach Saarlouis gefahren. Damit war der Platz Saarlouis für mich als Sprungplatz erledigt. Ich hatte von einer solchen Verhaltensweise von Platzbetreibern schon vorher mal gehört, um Springer an den Platz zu locken wird eine Absetzmaschine angekündigt, die dann nicht kommt. Jetzt war ich davon auch betroffen und kam mir entsprechend veralbert vor, weil ich in Urlaub war und fest damit gerechnet hatte ein paar Tage zum Springen in Saarlouis zu verbringen. Antje fragte mich „Dann kannst du mich ja doch bis Karlsruhe fahren, oder?". Ich war einverstanden, weil kein weiterer Betrieb mehr auf dem Sprungplatz in den nächsten Tagen stattfinden sollte. Das lange Pfingstwochenende war nun springerisch vorbei und die Leute verließen nach und nach den Platz.

Abends waren nur noch eine Handvoll Leute da, die vermutlich aus der Gegend stammten und nicht weit bis nach Hause hatten. Ein Grill wurde von den Betreibern noch angemacht und Antje holte aus ihrer Tasche im Auto ein Paket Würstchen. Entweder hatte sie es bei meinem Freund auf der Party mitgenommen oder auf dem Flugplatzfest in Grefrath mitgehen lassen. Seit Freitag waren wir gemeinsam unterwegs, hatten nicht eingekauft, aber die Würstchen holte Antje jetzt hervor. Anton vom Platz bot Steaks an und verlangte dafür kein Geld, so war es für mich umsonst.

Es war bereits dunkel, als Antje mich nach dem Autoschlüssel fragte. Sie ging zum Wagen der bei den Heckensträuchern neben der Halle geparkt war. Sie nahm ihren Schlafsack und ging in Richtung Parkplatz an der Gaststätte, den Wagenschlüssel ließ sie in der Tür stecken. Auf meine Frage „Wohin gehst du?" bekam ich keine Antwort. Ich schaute hinterher und sah noch in einiger Entfernung jemand mit ihr gehen, konnte aber nicht erkennen wer es war. Ich hatte noch einige Büchsen Dosenbier ging zum Zelt und zurück zur Halle, wo lediglich noch drei Personen waren. Ich ging noch ein Stück über die Landebahn und sah in der Platzkneipe noch Licht. Es waren nur wenige Personen da, als ich an der Terassenseite vorbei ging. Antje war nicht drinnen zu sehen. Auf der Parkplatzseite der Wirtschaft kamen Stimmen und Gelächter aus einem „Auf Kipp" gestellten Fenster, es fand wohl eine Zimmerparty statt, so mein Gedanke. Ich meinte Antjes Stimme heraus zu hören und ging zum Fenster, vielleicht gab es ja noch was zu trinken „für umsonst". Ich konnte aber nicht erkennen wer sich im Zimmer befunden hat, weil mehrere Stimmen zu hören waren und das Fenster im Hochparterre lag. Als ich dort war kam ein Auto gefahren, der Platzwirt stieg aus. In dem Moment rutschte ich in einen kleinen Kellerschacht und der Platzwirt bemerkte mich, konnte aber wegen der Dunkelheit niemanden erkennen und hielt mich vielleicht für einen Einbrecher. Er lief ins Haus und rief „Anton", also suchte er Verstärkung. Ich wußte nicht ob nun mehrere Personen mit Knüppel oder so den vermeintlichen Einbrecher verprügeln wollten, setzte mich ab zu meinem Wagen und nahm meinen Baseballschläger zur Hand. Es passierte aber weiter nichts, ich trank noch eine Dose Bier, rauchte eine Zigarette und legte mich in mein Zelt schlafen. Etwas später hörte ich nur noch einige Fahrzeuge, die sich auf der Zufahrt zum Platz bewegten oder weg fuhren. Am nächsten Morgen gegen acht Uhr war es bereits hell als ich wach wurde. Die Packhalle war geöffnet und es standen außer meinem Wagen nur noch zwei Fahrzeuge auf dem Gelände. Nur Anton und der andere Platzbetreiber waren in der Halle und dem Bürobereich zu sehen. Auf meine Frage wo Antje ist antwortete Anton „Die ist im

Keller, spülen". Anton bot mir einen Kaffee an, den ich auch trank. Antje kam mir mit einem Spültuch entgegen und weil sie den Termin um zehn Uhr hatte, fragte ich sie, ob wir denn noch nach Karlsruhe fahren sollten, denn ich rechnete mit etwa zwei Stunden Fahrzeit. „Ich dachte du wolltest um halb acht aufstehen?" so Antje zu mir. „Ja, aber ich habe keinen Wecker, du mußt den haben, außerdem hättest du mich wecken können, wenn es so wichtig ist", entgegnete ich. „Wo hast du denn geschlafen?" fragte ich. „Du weisst genau wo ich geschlafen habe!". Damit war mir klar,dass Antje auch in dem Zimmer abends zuvor gewesen war und meine Anwesenheit vor dem Fenster nicht unbemerkt geblieben war. „Ja und was ist jetzt, musst du noch nach Karlsruhe oder nicht, bis dahin dauert es bestimmt ein zwei Stunden Fahrt". Antje packte ihren Kram zusammen, ich baute das Zelt ab und wir fuhren nach Karlsruhe.

Auf der Fahrt fragte ich wozu Antje die Spülarbeit gemacht hatte. „Ja, ich wollte da noch was gucken". „ Klar genau was du mit der Kasette am Sonntag nachschauen musstest und hier so nachsiehst was es so zu holen gibt", sagte ich. „Vielleicht kann ich so Schnittmuster finden und gebe die an den Sven weiter, da krieg ich vielleicht eine neue Kappe für". Der Sven war ein Inhaber einer anderen Herstellerfirma für Fallschirmausrüstung, den Antje persönlich kannte. „Ja, sicher dann mach nur weiter so, dann bekommst du noch eine ganze Ausrüstung geschenkt für deine linken Touren", sagte ich. „Du brauchst mir dabei aber nicht hinterher zu gucken, ich mach das schon und wo ich penne geht dich nichts an", meinte Antje. Sie glaubte bei anderen Personen an nützliche Informationen für ihre Interessen zu kommen. „Sicher mach das nur so, wenn ich aber dabei bin, kannst du das mit deinem Klauen vergessen, wenn du meinst was ausspionieren zu müssen, ist mir egal wo du dafür die Beine breit machst". Darüber war Antje beleidigt und sagte auf der Fahrt nichts mehr.

Um 10.15 Uhr erreichten wir das Krankenhaus in Karlsruhe, wo sich Antje beworben hatte. Wegen der Verspätung meinte Antje noch, „Das ist genau die Viertelstunde, die mir heute morgen gefehlt hat". „Ist nicht mein Problem, ich habe Arbeit und wenn du rumtrödelst und eine Stelle suchst, da ist es bestimmt günstig, wenn du schon am ersten Tag zu spät kommst, geh rein, ich warte hier auf dem Parkplatz", sagte ich. Antje verließ mit einer Mappe und ihren Unterlagen das Auto und ging in das Krankenhaus. Ich stellte meinen Wagen ab, den Sitz in drehte ich in Ruhestellung und hörte Musik. Die Musik war aus, ich war eingeschlafen und sah auf die Uhr. Es war 11.30 Uhr und von Antje war nichts zu sehen. Ich dachte, dass sie wegen der Verspätung den Job nicht bekommen hat und sich bereits mit dem Zug auf dem Heimweg befindet, schließlich hatte sie eine Bahn-Card, um günstiger fahren zu können. Um sicher zu gehen, ging ich zur Information ins Krankenhaus und fragte nach. Die Dame am Schalter konnte erstmal dazu nichts sagen. „Meine Bekannte wollte sich hier auf eine Stelle bewerben, so ne Kleine, mit brauner Hose und rotem T-Shirt". Die Frau schickte mich in einen Nebengang, wo ich nachfragen sollte. Dort erkundigte ich mich nach Antje. „Ein Bewerbungsgespräch dauert doch nicht so lange"?, sagte ich zu der zuständigen Dame, die mir dann sagte, dass sich Antje mit in den OP-Bereich hat einschleusen lassen. Wie lange es noch dauert konnte die Frau mir nicht sagen. Ich war zunächst überrascht, dass Antje die Chance auf die Stelle bekommt, trotz Verspätung am ersten Tag und sagte noch zu der Frau, dass wir wegen des Verkehrs aufgehalten worden waren.

Ich fühlte mich von Antje verarscht, weil sie es nicht für nötig befunden hatte, mir Bescheid zu geben, dass es noch etwas länger dauert. Ich verließ das Krankenhaus und wartete im Auto. Ich ging zu einem Kiosk, kaufte mir Tabak und dachte, dass ich Antje noch etwas Zeit gebe. Kurz nach zwölf fuhr ich dann alleine nach Hause, da ich nicht abschätzen konnte wann Antje dort fertig war und ich keine Lust mehr hatte auf sie zu warten und mich zum Deppen zu machen. In der Nähe von Hockenheim tankte ich an der Autobahn, die Kassiererin fragte mich noch, was denn so lustig sei, da ich grinste. Es war der Gedanke an Antje, weil sie sicher sauer war, wenn keiner zur Abholung für sie bereit auf dem Parkplatz wartet.

Zu Hause angekommen legte ich die Ausrüstung von Antje im Keller und in meiner Wohnung ab. Der Tragerucksack und das Gurtzeug waren etwas nass, eine Wasserflasche war undicht. Ich trocknete das Gurtzeug vor einem Radiator in meiner Wohnung. Ich fuhr zu meinem Angelsee, um dort etwas Futter an einer Stelle einzubringen, wo ich später angeln wollte. Abends klingelte das Telefon, ich ging aber nicht ran, weil ich keine Lust auf eine Fahrt zu dieser Zeit mit Antje hatte. Morgens klingelte es erneut, ich ging ran und Antje brachte ihren Unmut zu Ausdruck. „Wo warst Du, ich habe stundenlang noch am Krankenhaus gewartet". Ich musste mich zusammennehmen und habe in ein Kissen gebissen, um mein Lachen zu unterdrücken. „Ich dachte Du wärst abgehauen, die Frau an der Information hat gesagt, dass Du schon weg warst, also warum sollte ich warten. Ich wusste doch nicht, das Du noch da drin warst". Antje wurde ruhiger. „Wo bist Du denn, in Münster"?, fragte ich. „Nee, bei meinen Eltern, bis Münster habe ich es gestern nicht geschafft, ich hatte dich noch von Köln aus angerufen". Damit stand für mich fest, dass Antje nicht direkt von Karlsruhe nach Köln oder Münster gefahren war, denn nachmittags schafft man es locker mit dem Zug bis abends in Münster zu sein. Sie war mit Sicherheit nach Saarbrücken gefahren, konnte dort bei einem ihrer Freunde nicht übernachten und ist dann weiter Richtung Norden mit dem Zug gefahren. Nur so konnte sie eben nicht mehr nach Münster gelangen und war deshalb nur nach Krefeld bis zu ihren Eltern gekommen. „Ich muss gleich hier raus", sagte Antje. „Wieso denn das, Du bist doch auch da zu Hause", fragte ich. „Meine Eltern dürfen nicht wissen, dass ich arbeitslos bin, ich habe meinem Vater doch gesagt, dass ich arbeite".

Wir verabredeten uns am Bahnhof in Krefeld, damit Antje nicht bei ihren Eltern auffiel. Ich kam dort an, Antje war mit einer grauen Strickjacke bekleidet. „Schöne Jacke" sagte ich. „Die hat mir meine Mutter gegeben, ich war ja nur im T-Shirt". Sie tat mir zwar etwas leid und meine alleinige Abfahrt aus Karlruhe war nicht fair, aber sie hätte nur heraus kommen müssen und mir Bescheid geben. Da sie dies nicht gemacht hatte, war eben „Pech gehabt", so meine Gedanken. Wir fuhren nach Münster und aßen gegen Mittag eine Pizza bei Antje zu Hause, ihre Ausrüstung und Videosachen brachten wir in die Vereinsscheune. Antje wollte noch zur Bank, wo sie Geld angelegt hatte, Genaueres wußte ich nicht. An einem Kiosk in der Stadt wollte sie noch ihren Studentenausweis verlängern, den sie benutzte um Vergünstigungen zu erhalten, obwohl sie nie studierte. Einen versprochen Eisbecher brachte sie mir mit, während ich auf einem Parkplatz am Schloß wartete. Wir fuhren zurück zu ihrer Wohnung und Antje ludt mich ein, abends mit zum Training für „Unterwasser-Rugby" zu gehen. Den Nachmittag verbrachten wir auf der Terasse und Antje telefonierte mit dem „Saarland", war wieder mal zwischendurch sauer, weil sie sich von einem der Saarländer im Stich gelassen fühlte. Auf der Terasse war ein Rußfleck zu erkennen, wo Antje nach ihrer Angabe ein Stofftier verbrannt hatte, dass sie von ihrem Freund, nun Ex-Freund bekommen habe. Ich gab ihr den Stoffadler, den ich in Schwanhoven gekauft und für den ich keine Verwendung hatte. „Hier, falls Du nochmal ein Feuerchen machen möchtest", sagte ich. Ihr Vermieter kam kurz von der Arbeit nach Hause und ich fragte ihn nach einer Badehose für den Abend zum Unterwasser-Rugby". Er gab mir eine seiner Badehosen und von Antje erhielt ich dann noch Brille mit Schnorchel für das Training. Ich sagte ihr, dass ich in den nächsten Tagen in Belgien, dann am Wochenende und auch wegen meiner freien Urlaubstage nach Bramsee bei Berlin zum Springen fahren wollte, da ich den Platz von einem Besuch kannte. „Du kannst mitkommen wenn Du willst, aber ich fahre mit dem Zug dahin", sagte ich ihr.

Antje fluchte noch einige Male über den Platz in Münster, die Leute, den Umgang mit ihr, eben das Übliche wenn sie vom Sprungplatz dort sprach. „Ich weiß nicht, ob ich mitfahre, ich habe Aufschreibdienst und wenn ich das nicht mache, kriege ich auch keine Tandems da". Sie meinte, dass sie bei der Vergabe von Video-Aufträgen nicht berücksichtigt wird, wenn sie die Aufgaben beim Verein nicht auch nachkommt. Abends nahm ich etwa zwanzig Minuten am Unterwasser-Rugby-Training teil, da ich Anfänger war, schluckte ich auch etwas Wasser. Nachdem ich so das Gefühl hatte das Becken ausgetrunken zu haben, schwamm ich noch einige Bahnen in einem anderen Becken des Hallenbades. Man darf beim Unterwasser-Rugby, was mit einem salzwassergefüllten Ball gespielt wird, die Gegner der anderen Mannschaft ziehen und zerren um an den Ball zu kommen, nur Maske abreißen ist nicht erlaubt. Gespielt wird mit Flossen, Brille, Schnorchel und einem Gehörschutz, wie auch beim Wasserball. Ziel ist, den Ball in einen Korb abzulegen der unten im ca. 4 m tiefen Becken aufgestellt wird. Eine Sportart die von Tauchern gemacht wird und von der ich auch schon mal früher etwas gehört hatte, eine recht spaßige Angelegenheit, bis auf das „Wasserschlucken" bei mir, aber gehört am Anfang dazu.

Nach dem Training gingen wir noch zur Studentenkneipe „Ipanema" aßen und tranken dort etwas. „Hoffentlich ist am Wochenende schlechtes Wetter, da brauch ich nicht so lange bei den Arschlöchern am Platz zu bleiben", war der Kommentar den Antje abgab bezüglich ihres Schreibdienstes am kommenden Wochenende für den Verein in Münster. „Du kannst mich ja anrufen, wenn Du nach Bramsee mitfahren möchtest". Antje bat mich noch einer Frau in Bramsee, Grüße von ihr auszurichten, falls sie nicht mitkommt. So trennten wir uns am Abend und ich setzte sie zu Hause ab, um dann zurück nach Düren zu fahren.

In der Woche ging ich nochmal zum Angeln. Am folgenden Wochenende war zeitweise schlechtes Wetter mit Aufheiterungen, so dass ich nach Belgien auf einen anderen Sprungplatz gefahren bin und der in der Nähe von Spa lag, wo ich samstags übernachtete. Zwei mir bekannte Personen auf dem Caravanplatz waren auch dort. Am Montag erkundigte ich mich nach Zugverbindungen nach Heltholm in Schleswig-Holstein, um dort zu Springen. Es war ein Platz nördlich von Hamburg, wo ich auch bereits vorher schon Ausrüstungsgegenstände gekauft hatte. Dienstag Vormittag rief ich bei Antje an und sprach eine kurze Nachricht auf den Anrufbeantworter, dass ich zum Springen unterwegs war. Ich fuhr mit dem Zug, wie ich es geplant hatte, weil ich in den Jahren zuvor auch mit meinen Freifahrten von der Bahn gefahren war.

Dienstag war ich nachmittags in Heltholm auf dem Sprungplatz angekommen und mietete mich in der Nähe des Platzes beim Betreiber in einem Zimmer für Übernachtungen ein. Mein Bekannter, der dort als Sprunglehrer arbeitete, sollte mir noch aus den USA ein Tauschteil für meinen Fallschirm mitbringen. Hatte er dann zwar nicht, aber ich verbrachte die Tage zum Springen bis Freitag in Heltholm. Von dort fuhr ich dann bis nach Bramsee bei Berlin, wo ich am Bahnhof von einem ansässigen Springer abgeholt wurde. In Bramsee konnte ich in einem alten umgebauten LKW eines mir bekannten Springers schlafen. Ich kannte ihn aus einem Sprungurlaub im Jahr zuvor und von der Insel Usedom, wo ein Springen zeitweise möglich gewesen war. Der Frau, ich nenne sie hier mal Ulla, die Antje auch kannte richtete ich Grüße von ihr aus. Ulla war auch Springerin und betrieb mit einem anderen Springer das Platz-Bistrot. Der Platz war gut besucht. Wie im Jahr zuvor traf ich ein paar mir bekannte Springer, mit denen ich Samstag abends auch zum Essen in einem Restaurant war. Meinen Mr. Bean-Teddy hatte ich bei einem Abwurf verloren, bzw. er war trotz langer Suche nicht mehr aufzufinden, was mich etwas traurig machte und ärgerte.

Am Samstag nachmittag sagte mir Ulla in der Kneipe, dass eine Springerin in Münster abgestürzt sei. Sie meinte es wäre Antje gewesen. „Wann soll das denn gewesen sein", fragte ich. Eine mir nicht bekannte Person, die an diesem Wochenende das Manifest für den Sprungbetrieb regelte, sagte dazu „Das war letzte Woche". Ich konnte mir das so nicht vorstellen, weil ich mit Antje noch unterwegs gewesen war. Sie hatte noch spöttisch erklärt am Wochenende am Sprungplatz zum Schreibdienst eingeteilt zu sein und nicht springen könnte. Ich versuchte abends Antje telefonisch zu erreichen, hatte aber nicht die Nummer im Kopf und auch nicht notiert dabei. Für mich war es unwahrscheinlich, dass Antje abgestürzt sein konnte.

Es war teilweise gutes Wetter am Platz, bis es Sonntag dann Anfing zu regnen. Ich ließ mir am Sonntag vormittag noch meinen Reserveschirm vom örtlichen Fallschirmwart packen, weil dies wieder fällig war. Sprungbetrieb fand nicht mehr statt und ich fuhr mit dem Zug gegen Mittag Richtung Heimat. Abends erreichte ich mein Zuhause und auf dem Anrufbeantworter waren einige Nachrichten, zum Teil unverständlich oder nur kurze Pieptöne. Ich rief Roger B. an, weil in der Eifel demnächst ein Boogie (so nennt man ein Springertreffen für einige Tage oder ein Wochenende) stattfinden sollte. Roger B. erzählte mir nicht, dass Antje abgestürzt war, weil er wohl davon ausging, dass ich dies bereits wusste. So sprachen wir nur kurz über das anstehende Spungwochenende in der Eifel. Ich rief bei Antje an und der Vermieter teilte mir mit, dass Antje abgestürzt ist. Ich war geschockt und auch überrascht, dass die hochnäsige Person in Bramsee tatsächlich Kenntniss über einen Absturz gehabt hatte.

Roger B. rief ich erneut an und er erklärte mir, dass Beschädigungen am Gurtzeug von Antje festgestellt worden waren. Das Reserveauslösekabel soll durchgeschnitten worden sein. Ich konnte mir darauf keinen Reim machen, da vor dem Sprung das Gurtzeug überprüft wird und auch beim Anlegen der Ausrüstung fällt es auf, wenn das Kabel durchgetrennt sein sollte. In einem Ausbildungshandbuch von 1993 steht, dass ..."wir vor jedem Sprung unsere Ausrüstung auf Sprungtauglichkeit überprüfen". Antje hatte eine Lehrberechtigung für Ausbildung von Springern und mehrere Hundert Sprünge Erfahrung. Sie war über einige Jahre im Fallschirmsport aktiv und wußte somit auch sicher, was zu beachten ist. Sie ging sogar so weit, die Dinge und Ausrüstungen von anderen Springern zu beobachten, weil sie durch ihre kleptomane Neigung darauf ausgerichtet war sich Ausrüstungsgegenstände oder Zubehör umsonst zu besorgen, wenn sich die Gelegenheit ergab. Antje war bereits freitags beerdigt worden. In einer Zeitung mit großen Buchstaben stand etwas von Sabotage und es wurde im Zusammenhang auch Joschi W. angesprochen, der Mentor des Sprungvereins und Mitglied der bunten Partei. Wem Antje im Laufe ihres Springerlebens so auf die Füße getreten hatte und wen sie so alles abgelinkt haben könnte, waren meine Gedanken. Konkurenz unter den Video-Springern war auch üblich, eine Beschädigung der Ausrüstung der „Mitbewerber um Videosprünge" könnte auch gewesen sein. Es wurde seitens der Boulevardpresse von Sachbeschädigung und Mord berichtet. Die Kleptomanie von Antje und ihre Art andere Personen gegeneinander auszuspielen waren mir bekannt. Über ihre Geschäfte nebenbei wusste ich nur ansatzweise Bescheid.

Ich wurde durch die ermittelnde Polizei befragt, konnte mich aber auch nicht an jede Kleinigkeit erinnern und daher auch nicht direkt nachvollziehbar berichten, was ich so mit Antje erlebt hatte. Ich bin auch davon ausgegangen, dass die Polizei über die Vorstrafen, Diebstähle und anderen „Geschäftstätigkeiten" von Antje sicher schon ermittelt hatte. Die Einmischung von Joschi W. als bekannte Persönlichkeit des öffentlichen Lebens und vielfältige Gerüchte spielten sicher auch eine Rolle für das Aufkommen von Verdächtigungen und Spekulationen. Drei Wochen nach dem Absturz von Antje wurde ich verhaftet und später in einem medienträchtigen Schauprozess der als „Fallschirm-Mord" von Münster bezeichnet wurde wegen Mordes zu einer lebenslangen Freiheitsstrafe verurteilt.

...Aber das ist eine andere Geschichte...

Etwa vier Jahre später kam Joschi W., der bekannte Politiker bei einem Absturz mit dem Fallschirm ums Leben. Es waren seinerzeit im Zusammenhang mit dem Tod von Antje O. geringfügige Ermittlungen auch in Richtung Joschi W. und einem möglichen Anschlag auf den umstrittenen Politiker erfolgt.

Er hatte sich im Zusammenhang mit dem Prozess gegen mich auch teilweise geäußert...„ihn soll die ganze Härte des Gesetzes treffen".

Der Heimatverein des Herrn W. kam unbeschadet und sauber aus der Affäre heraus. War der Tod von Antje O. zumindest kein Nachteil hinsichtlich einer Aufdeckung von Intimitäten oder anderen Dingen, die Joschi W. zum Nachteil hätten gereichen können?.

Wer könnte etwas dazu wissen oder sagen, es bleibt Vieles unklar.

An einem schönen Tag
er von uns ging,
zuvor er sanft am Himmel hing.
An Donar`s Tag grub er sich ein
das miese, intrigante Schwein.